O PAI MORTO

Donald Barthelme

O PAI MORTO

Prefácio de Donald Antrim

Tradução de Daniel Pellizzari

Rocco

Título original
THE DEAD FATHER

Parte desta obra publicada originalmente
de forma um tanto diferente na *The New Yorker*.

Direitos para a língua portuguesa reservados
com exclusividade para o Brasil à
EDITORA ROCCO LTDA.
Av. Presidente Wilson, 231 - 8º andar
20030-021 - Rio de Janeiro - RJ
Tel.: (21) 3525-2000 - Fax: (21) 3525-2001
rocco@rocco.com.br
www.rocco.com.br

Printed in Brazil/Impresso no Brasil

CIP-Brasil. Catalogação na fonte.
Sindicato Nacional dos Editores de Livros, RJ.

B294p Barthelme, Donald
O pai morto/Donald Barthelme; tradução de
Daniel Pellizzari. - 1ª ed. - Rio de Janeiro: Rocco, 2015.

Tradução de: The dead father
ISBN 978-85-325-2975-6

1. Ficção norte-americana. I. Pellizzari, Daniel.
II. Título.

CDD-813
15-19270 CDU-821.111(73)-3

Para Marion

Prefácio
por Donald Antrim

Nos anos posteriores à morte de Donald Barthelme em 1989, aos 58 anos, seus contos e diversos romances curtos já começaram a existir - a *existir* - como se pudessem ter como origem no mundo algum tempo e espaço, ao qual talvez agora pertençam para sempre, que permanece completamente deslocado de quaisquer circunstâncias e condições que definiam, para autor e leitor, o momento e o ambiente específicos - época recente mas impossivelmente remota, local familiar mas longínquo - em que *Come Back, Dr. Caligari* [Volte, Dr. Caligari]; *Snow White* [Branca de Neve]; *Unspeakable Practices, Unnatural Acts* [Práticas Inomináveis, Atos Inaturais]; *City Life* [Vida Urbana]; *Sadness* [Tristeza]; *Guilty Pleasures* [Prazeres Proibidos]; *O Pai Morto* e mais de meia dúzia de obras subsequentes se abateram sobre o mundo e se revelaram milagrosas.

Quando, exatamente, foi essa época? Ou, sendo mais direto: *o que* foi essa época? E o que são essas obras?

Questões relativas à escrita de Donald Barthelme nem sempre são fáceis de responder. Ou talvez seja melhor afirmar que são maravilhosamente nada fáceis de responder.

O próprio Barthelme, em "Not-Knowing" ["Não Saber"/ "Não Conhecer"], um ensaio dedicado à arte da escrita, enfatiza a importância, para um autor de ficção, de determinado tipo de ansiedade - a ansiedade inevitável a quem trabalha sem a consciência concreta ou material de o que, exatamente, é preciso escrever; ou mesmo de como se pode começar a escrever; ou, aliás, se algo pode ser escrito. Essa postura não tem nada de derrotista. Barthelme não se refere a um sentimento de resignação (tanto à ignorância humana quanto aos limites do conhecimento); em vez disso, "Not-Knowing" sugere as limitações impostas pelo que é simplesmente *conhecido* de forma corriqueira, as atitudes, planos e estruturas historicamente determinados (incluindo até mesmo, podemos supor considerando *O Pai Morto*, um sortimento de abordagens tradicionais de prosa narrativa, se obedecidas por mera ansiedade do escritor a respeito da própria ansiedade) que tanto parecem contrastar com suas próprias criações, belamente engraçadas e absurdas. Em "Not-Kwowing", Barthelme insiste nos potenciais residentes na angústia e na invenção do escritor. O escritor, escreve Barthelme no ensaio, "é alguém que, ao começar uma tarefa, não sabe o que fazer".

Dito isso, *O Pai Morto*, publicado pela primeira vez em 1975, é sob todos os aspectos um romance escrito por um autor a quem não faltava nada em se tratando de "o que fazer". É um livro que poderia ser descrito - ou *começar* a ser descrito? – como uma narrativa comicomítica de parricídio, com divagações. Poderia servir, ao longo do caminho, como catálogo das técnicas infinitamente variadas que Barthelme, em todas as suas obras, tem ao alcance da mão: as listas e gírias; as fábulas em miniatura e os clichês talvez inéditos; frases descartáveis, palavras inventadas e histórias-dentro-de-histórias que se arrastam sem chegar a lugar algum. *O Pai Morto* parece ser sobre quase tudo: paternidade; sexo; religião e nosso lugar dentro dela; e a história (ou pseudo-história filosófica) do território do romance e de seus habitantes, alguns dos quais se revelam feitos de papelão, como também um punhado de animais nativos, fato que não impede o Pai Morto de massacrá-los com sua espada. "Um Manual para Filhos", o compêndio satírico que surge próximo ao encerramento fúnebre do romance e é apresentado como uma tradução do nosso idioma para nosso idioma, pode se distinguir como uma das obras curtas mais poderosas de Barthelme.

E o Pai Morto? Enquanto personagem, o Pai Morto pode ser descrito como um "quem", um "quê" ou um "por que". É colossal, violento e lascivo; conspirador e desonesto; divino e humano. Amarrado e contido com cordas e cabos, é arrastado pelo campo por um regimento de homens liderados por (quem mais?) um filho. Em dados momentos está armado e mortífero; em outros está desarmado e igualmente mortífero. Ficamos sabendo que o Pai Morto é feito de metal. Está vivo e ainda assim não está. É infantil, uma criança, e velho e impotente. Ele é, em outras palavras, um arquétipo feito de arquétipos, habitando um território real e imaginário.

Lendo *O Pai Morto*, sentimos que o autor desfruta de uma liberdade artística quase completa - e, de forma contraintuitiva, sente até mesmo uma obrigação para com a liberdade -, uma permissão para remodelar, deturpar e até ignorar o mundo como ele se nos apresenta. Os mundos inventados de Donald Barthelme contêm e comunicam, de um modo ao mesmo tempo indescritível e reconhecível - É Barthelme!, dizemos para nós mesmos -, aspectos do espírito de autoinvenção e das revoluções políticas e sexuais que em grande medida caracterizaram os anos 1960 e 1970 (pelo menos é assim que essa época me vem à cabeça), décadas em que a maior parte da produção de Barthelme, incluindo quase todos os contos mais tarde reunidos em *60 Stories*, aparecia regularmente na *The New Yorker.*

Anos que agora me parecem nebulosos e míticos, que tiveram início com o assassinato de Kennedy e continuaram ao longo da Guerra do Vietnã, dos programas da Great Society, da invasão de Watergate e da crise energética, com paradas para o pouso na Lua e o LSD. O *Arco-íris da gravidade* e os livros de John Barth, Robert Coover e William Gaddis praticamente podiam ser lidos como guias para os Estados Unidos enquanto país, onde não se podia confiar em nada com base em aparências e onde tudo de bom parecia correr o risco de desaparecer, porque nossos pais tinham nos decepcionado. Eram os Estados Unidos que vi e imaginei enquanto crescia. E ainda que eu não fosse um leitor maduro durante o período de minha vida que coincidiu com a entrada em cena de boa parte da obra de Barthelme - eu era só um garoto quase esse tempo todo -, ainda assim eu estava a caminho disso. Ler Barthelme se tornou parte do meu aprendizado. Lembro de como fiquei empolgado quando o descobri. Lembro de pensar: *Finalmente!*

Com sua desordem superficial e seu caos cômico, Donald Barthelme traz para o mundo sua forma particular e espantosa de ordem. É uma ordem encontrada através da consciência adquirida durante a leitura, uma consciência de que o mundo que não conseguimos enxergar é o mundo que vale a pena ser observado. "Not-Knowing" é, no fim das contas, a genialidade de Barthelme, fato que se torna ainda mais evidente caso o problema do escritor ansioso - "o que fazer" - seja expresso como pergunta. Para Barthelme, a resposta a essa pergunta teria sido: Brincar.

É um convite. Lendo *O Pai Morto*, rindo com o autor, escapamos da ansiedade e nos sentimos vivos. Não faz muito tempo que o mundo perdeu Donald Barthelme. Ou então faz um tempo enorme. Difícil dizer. Hoje, no ano de 2004, era do segundo mandato de Bush e suas guerras no Oriente Médio, do aquecimento global e da Guerra ao Terror, o mundo se parece bastante com um mundo de Donald Barthelme. Onde ele está quando precisamos dele? Menos de trinta anos se passaram desde a publicação de *O Pai Morto*.

Talvez este corajoso romance sobre tudo seja, como já foi e deverá ser nos anos vindouros, um livro para nossa época.

Janeiro de 2004

DONALD ANTRIM publicou três romances: *Elect Mr. Robinson for a Better World*, *The Hundred Brothers* e *The Verificationist*. Publicou textos na *Harper's Magazine*, na *The Paris Review* e na *The New Yorker*.

O PAI MORTO

A cabeça do Pai Morto. A questão é que os olhos dele estão abertos. Encarando o céu. Olhos com dois tons de azul, os azuis do maço de Gitanes. A cabeça nunca se move. Décadas encarando. A fronte é nobre, Deus do céu, o que mais? Ampla e nobre. E serena, é claro, ele está morto, como não estaria serena? Da ponta do nariz de formas elegantes e narinas delicadas até o chão é uma queda de cinco metros e meio, número obtido por triangulação. O cabelo é grisalho, mas um grisalho jovial. Cheio, quase na altura do ombro, é possível admirá-lo por muito tempo e muitos o fazem, num domingo ou outro feriado ou naquelas horas ensanduichadas com esmero entre fatias mais gordas de trabalho. Os contornos da mandíbula têm nítida semelhança com uma formação rochosa. Imponentes, escarpados e tudo mais. A grande mandíbula abriga 32 dentes, 28 brancos como azulejos comuns de banheiro e quatro manchados, estes por conta do vício em tabaco, reza a lenda, um quarteto bege localizado no centro da mandíbula inferior. Ele não é perfeito, e graças a Deus. Lábios vermelhos e grossos retraídos num ricto sutil, um ricto sutil mas não desagradável, expondo um pouco de salada de cavala presa entre dois dentes do quarteto manchado. Achamos que é salada de cavala. Parece ser salada de cavala. Nas sagas, é salada de cavala.

Morto, mas ainda conosco, ainda conosco, mas morto.

Ninguém consegue se lembrar de quando ele não estava em nossa cidade posicionado como alguém que dorme um sono intranquilo, imenso da cabeça aos pés, ocupando da Avenue Pommard ao Boulevard Grist. Comprimento total, 3.200 côvados. Metade enterrado no solo, metade não. Trabalhando sem cessar noite e dia hora após hora para o bem de todos. Ele controla os hussardos. Controla a ascensão, a queda e a variação do mercado. Controla o que Thomas está pensando, o que Thomas sempre pensou, tudo que Thomas pensará, com exceções. A perna esquerda, inteiramente mecânica, reputada como centro administrativo de suas operações, trabalhando sem cessar noite e dia hora após hora para o bem de todos. Na perna esquerda, em dobras ou nichos inesperados, encontramos coisas de que precisamos. Confessionários, pequenas cabines com portas de correr, é nítido que as pessoas se sentem mais livres se confessando ao Pai Morto do que a qualquer sacerdote, é claro!, ele está morto. As confissões são gravadas, embaralhadas, recombinadas, dramatizadas, e então aparecem nos cinemas da cidade, um novo longa-metragem a cada sexta-feira. Às vezes alguém reconhece momentos da própria confissão.

O pé direito repousa na Avenue Pommard, nu exceto pela faixa de titânio ao redor do tornozelo, unida por cadeias de titânio aos oito homens-mortos (**homem-morto** substantivo masculino. 1. pilastra, bloco de concreto etc., enterrado no chão como suporte) *cravados no verde dos Jardins. Não há nada de* *incomum a respeito do pé, exceto os sete metros de altura. O joelho direito não é muito interessante e ninguém jamais tentou dinamitá-lo, o que demonstra o bom senso dos cidadãos. Do joelho à articulação do quadril (Belfast Avenue) tudo é bem corriqueiro. Encontramos por exemplo o reto femoral, o nervo safeno, o trato iliotibial, a artéria femoral, o vasto medial, o vasto lateral, o vasto intermédio, o grácil, o adutor magno, o adutor longo, o nervo cutâneo femoral intermédio e outros simples dispositivos pré-mecânicos dessa natureza. Todos trabalhando noite e dia para o bem de todos. Às vezes flechas minúsculas são encontradas na perna direita. Nunca se encontram flechas minúsculas na perna esquerda (artificial), o que demonstra o bom senso dos cidadãos. Nós* queremos *que o Pai Morto esteja morto. Sentamo-nos com lágrimas nos olhos querendo que o Pai Morto esteja morto – enquanto fazemos coisas fantásticas com as mãos.*

1

Onze da manhã. O sol fazendo seu trabalho no céu.

Os homens estão se cansando, disse Julie. Talvez mereçam uma folga.

Thomas fez o sinal de "folga" com um aceno descendente do braço.

Os homens se espalharam na beira da estrada. O cabo pousou no chão.

Esta grandiosa expedição, disse o Pai Morto, esta valsa sobre um assoalho desconhecido, este pequeno bando de irmãos...

Você não é um irmão, Julie respondeu. Não erre o passo.

Como devem me amar, disse o Pai Morto, para me arrastar e arrastar e arrastar e arrastar desse jeito por longos dias e noites e condições atmosféricas desfavoráveis...

Julie desviou o olhar.

Meus filhos, disse o Pai Morto. Meus. Meus. Meus.

Thomas se deitou com a cabeça no colo de Julie.

Muitas coisas tristes se abateram sobre mim, ele disse, e muitas coisas tristes ainda estão por se abater sobre mim, mas a coisa mais triste de todas é esse tal de Edmund. O gordo.

O bêbado, disse Julie.

Sim.

De onde ele surgiu?

Eu estava na praça, se bem me lembro em cima de um barril de cerveja, recrutando pessoas, e ouvi um ruído de goles aos meus pés. Edmund. Bebendo direto do barril.

Então você já sabia. Antes de recrutá-lo.

Ele implorou. Uma cena abjeta.

Ainda assim é um filho meu, disse o Pai Morto.

Seria sua grande chance, ele disse. A nossa marcha. Discordei. Mas é difícil negar a uma pessoa o que ela imagina ser sua grande chance. Então o recrutei.

Tem um belo cabelo, disse Julie. Isso eu percebi.

Ficou aliviado ao se livrar do chapéu com guizos, disse Thomas. Como todos nós, ele completou, olhando incisivo para o Pai Morto.

Thomas tirou da mochila um chapéu de bobo da corte alaranjado, com guizos cor de prata.

E pensar que usei essa abominação, ou seu par, desde os 16 anos.

Dos 16 aos 65, é o que manda a lei, disse o Pai Morto.

Isso não o torna amado.

Amado! Não é uma questão de amor. É uma questão de Organização.

Todas as cabecinhas tão animadas, disse Julie. O chapéu faz todos parecerem bobos alegres. Marrom e bege, castanho e cinza, vermelho e verde, os guizos estrepitando. Que cena, eu pensei, que bobos alegres.

Era essa a intenção, disse o Pai Morto.

E se eu tivesse saído de casa sem ele me deceparíam as orelhas, disse Thomas. Que ideia. Que imaginação.

Há certa arte, disse o Pai Morto. Em meus ucasses.

Vamos almoçar, disse Julie. Ainda que esteja cedo.

A beira da estrada. A toalha de mesa. Tilintar de sino. Lagostins grelhados. Eles se dispuseram ao redor da toalha da seguinte maneira:

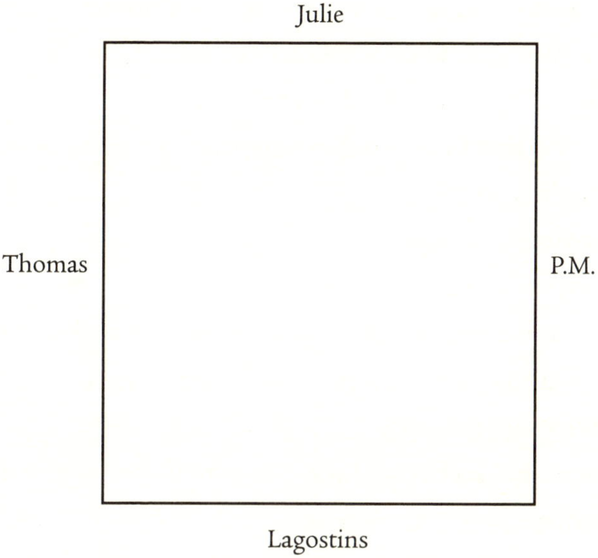

Bem bom.

Nada mau.

Tem mostarda?

No pote.

Tem uma coisa dentro.

Hein?

Olha ali.

Tira com o dedo.

Coisinha nojenta.

Passa os lagostins.

E a sobremesa?

Biscoitos de figo.

Permaneceram sentados e satisfeitos ao redor da toalha, mastigando. Mais além, as fogueiras dos homens preparando seus almoços. O cabo deitado na estrada.

Logo chegaremos lá, disse o Pai Morto.

Estimo uns 14 dias ou 15 dias, disse Thomas. Se estivermos na direção certa.

Há alguma dúvida?

Sempre há dúvida.

Quando chegarmos lá, e quando eu me envolver na amarelidão cálida, serei jovem novamente, disse o Pai Morto. Voltarei a ser vigoroso.

Vigoroso!, exclamou Julie. E enfiou na boca parte da toalha de mesa.

Querida, disse Thomas. Estendeu uma das mãos, que por vontade própria agarrou um dos belos seios de Julie.

Não na frente dele.

Thomas tirou a mão.

Poderia nos contar, ele perguntou, o que fez aquele hussardo? Aquele que vimos dependurado pelo pescoço na árvore à beira da estrada, um tempinho atrás.

Desobedeceu um ucasse, respondeu o Pai Morto. Esqueci qual ucasse.

Oh, disse Thomas.

Ninguém desobedece um de meus ucasses, disse o Pai Morto, e deu uma risadinha.

Mas que presunçoso, disse Julie.

Um tanto presunçoso, disse Thomas.

Um tanto, disse o Pai Morto.

Olharam-se com afeto. Três olhares afetuosos vagueando como holofotes por sobre os lagostins.

Guardaram tudo. Thomas deu o sinal. Um solavanco no cabo. O sol, imóvel. Árvores. Vegetação. Groselhas silvestres. Clima.

Às vezes permitirei que experimentem, disse o Pai Morto. Vocês dois.

Obrigada, disse Julie.

Quando eu abraçar ou for abraçado pelo resplendor excelente, disse o Pai Morto, veremos que tudo isso terá valido a pena.

Fez uma pausa.

O cabo também.

Outra pausa.

Até mesmo os toscos que você contratou para puxar o cabo.

São todos voluntários, disse Thomas. Encantados por estarem a seu serviço. Por usarem sua libré.

Não importa. Quando eu apertar os delicados fios de ouro contra meu peito ancestral...

Ele parece estar com grandes expectativas, disse Julie.

Thomas arremessou a espada em uma moita.

Não é justo!, exclamou.

O que não é justo?

Por que me sinto tão mal?, perguntou, olhando a esmo para todas as direções, como se buscasse uma resposta.

Você está doente?

Bem que eu podia mamar um peito, disse Thomas.

Não na frente dele.

Saíram das vistas do Pai Morto e se esconderam atrás de uma moiteira de erva-cicutária. Julie sentou no chão e abriu a blusa. Um par de seios audaciosos se revelou, o esquerdo um pouco menor que o direito mas igualmente belo à sua maneira.

Ah!, disse Thomas após um bom tempo. Nada como mamar um peito. Tem mais?

Enquanto eu viver, amado.

Thomas aproveitou um pouco mais.

Julie abotoou a blusa. Ressurgiram de mãos dadas da moiteira de erva-cicutária, Thomas alisando as costeletas com a mão livre.

Meio ignorado, disse o Pai Morto. Meio. É assim que me sinto neste momento.

Sofra, disse Thomas, buscando a espada na moita.

Excluído, disse o Pai Morto.

Porque você é um velho decrépito, Julie explicou. Velhos decrépitos não ganham muita coisa.

Ao receber essa informação o Pai Morto se levantou de um salto e correu enfurecido pela estrada. A túnica dourada fulgurando ao seu redor. O cabo em seu rastro.

Ele soltou o cabo, disse Thomas.

Correram atrás dele. Quando o alcançaram, deram de encontro com uma cena terrível.

O Pai Morto promovia uma matança num bosque de música e músicos. Primeiro matou um harpista e depois um tocador de serpentão e também um que agitava o chocalho e também um que soprava a trombeta persa e o da trombeta indiana e o do *shofar* e o da trombeta romana e o da trombeta chinesa de madeira revestida de cobre. E também um tocador de tuba e um trombonista e um que usava na cabeça uma pele de gato e tocava o ameaçador e murmurante *cornu* e três que sopravam cornetas de caça e vários tocadores de concha e um de *aulos* duplo e flautistas de toda sorte e um tocador de siringe e outro de fagote e dois virtuoses do apito de codorna e um tocador de *zampogna* que manipulava os foles com doçura e de passagem durante um período de descanso matou quatro tocadores de campainha e um charamelista e um que soprava um jarro d'água e um clavecinterionista que se revelou mulher antes de cair morta, e um dedilhador de teorba e incontáveis percussionistas de dedos nervosos e também um arquialaudista, e então golpeando com a espada a torto e a direito o Pai Morto matou um tocador de cistre e cinco de lira e vários de bandolim, e matou também um violista e um tocador de rabeca e um que tangia o saltério e um percutidor de *dulcimer* e um sanfoneiro e um tocador de rebabe e timpanistas variados e um tocador de triângulo e duas vintenas de crotalistas e um artista do xilofone e dois tocadores de gongo e um tocador do pequeno *semantron* que caiu ainda segurando o martelo de ferro e um especialista em reco-reco e um tocador de maraca e um ás da marimba e um timbaleiro e um que soprava o *sheng* e um que soava a calimba e um manipulador da bola dourada.

O Pai Morto a descansar as duas mãos sobre a guarda da espada, por sua vez plantada na terra vermelha e fumegante.

Minha raiva, disse orgulhoso.

Embainhando então a espada, o Pai Morto sacou da calça o cacete ancestral e mijou sobre os artistas mortos, um a um e em grupo, da melhor maneira que conseguiu – quatro minutos, ou meio litro.

Seria impressionante, disse Julie, se não fossem todos de papelão.

Querida, disse Thomas, você é severa demais com ele.

Tenho o maior respeito possível por ele e pelo que ele representa, disse Julie, vamos seguir adiante.

Seguiram adiante.

2

O campo. Flores. Plantas rastejantes com frutinhas brancas. A estrada poeirenta. O suor brotando de miúdas glândulas sudoríparas. A fila do cabo.

Bonita a paisagem por aqui, disse Julie.

Fabulosa, disse Thomas.

É ótimo estar vivo, disse o Pai Morto. Inspirar e expirar. Sentir os músculos se retesando e se soltando.

Como está sua perna?, Thomas perguntou. A mecânica.

É incomparável, disse o Pai Morto. Magnífica, aí está uma boa definição. Queria ter duas tão boas quanto a esquerda. Boa e velha pernoca.

Como acabou com ela?, Thomas perguntou. Foi acidente ou proposital?

A segunda opção, disse o Pai Morto. Em minha imensidão havia espaço para necessidade de toda sorte de experiências. Assim decidi que a experiência mecânica integrava as experiências para as quais havia espaço em minha imensidão. Queria saber o que sabem as máquinas.

O que sabem as máquinas?

Máquinas são sóbrias, conformadas, infinitamente eficientes e trabalham sem cessar hora após hora para o bem de todos, disse o Pai Morto. Sonham, quando sonham, com paradas. Com as últimas coisas. Elas...

O que é aquilo?, interrompeu Thomas. Apontava para um lado da estrada.

Duas crianças. Um menino. Uma menina. Não muito grandes. Não muito pequenos. Mãos dadas.

Crianças apaixonadas, disse Julie.

Apaixonadas? Como você sabe?

Tenho um olhar aguçado para o amor, ela disse, e ele está diante de nós. Um exemplo claro.

Crianças, disse o Pai Morto. Fedelhos.

O que é isso?, perguntaram as crianças, apontando para o Pai Morto.

Isso é um Pai Morto, respondeu Thomas.

As crianças deram um abraço bem apertado.

Ele não nos parece morto, disse a menina.

Está caminhando, disse o menino. Está de pé, pelo menos.

Está morto apenas em certo sentido, disse Thomas.

As crianças se beijaram na boca.

Eles não parecem muito impressionados, disse o Pai Morto. Onde está o assombro?

Estão imersos um no outro, disse Julie. Isso absorve qualquer assombro.

Não parecem ter idade para isso, disse Thomas. Quantos anos vocês têm?, perguntou.

Vinte, disse a menina. Eu tenho 10 e ele tem 10. É idade suficiente. Vamos passar a vida inteira juntos e amar um ao outro a vida inteira até a morte. Temos certeza. Mas não contem para ninguém, porque se ficarem sabendo vamos ser espancados.

Com essa idade eles não deveriam estar jogando pedras um no outro?, Thomas perguntou.

Sempre há exceções magníficas, disse Julie.

Cortamos os dedos com um estilete e misturamos nosso sangue, disse o menino.

Exibem dois indicadores pequeninos com casquinhas de cortes bem curtos.

Esterilizaram a lâmina?, Julie perguntou. Espero que sim.

Mergulhamos na garrafa de vodca, disse a menina. Estimei que bastaria.

Serve, disse Thomas.

Nunca vamos nos separar. Meu nome é Hilda e o dele é Lars. Quando ele tiver 18 anos se recusará a prestar o serviço militar e eu inventarei algo para acabar na mesma prisão, ainda não pensei o que vai ser.

Admirável, disse Julie.

Estamos juntos, disse Hilda, e sempre estaremos. Você é velha demais para saber como é.

Sou?

Você deve ter uns 26.

Exato.

E ele é ainda mais velho, ela disse, indicando Thomas.

Bem mais, Thomas admitiu.

E *ele*, apontou para o Pai Morto, deve ter, nem imagino. Talvez cem.

Errou, disse alegre o Pai Morto. Errou, mas por pouco. Sou ainda mais velho que isso, mas também mais jovem. Eu gosto de ter dois gumes.

Tanta idade preenche as cabeças de vocês por inteiro, disse Hilda. Então não conseguem se lembrar como era ser criança. Não devem se lembrar nem do medo. Tanto da *criatura*. Tão pouco de você. A fuga para baixo do cobertor.

Ainda existe mais da *criatura* que de mim, disse Thomas. Mas dá pra se virar razoavelmente bem.

Razoavelmente, disse a menina, que palavra.

As crianças começaram a se acariciar usando mãos e bochechas e cabelo.

Precisamos testemunhar isso?, perguntou o Pai Morto. Essa fisicidade repulsiva?

Você está em um mundo novo, disse Thomas. Crianças de 9 anos são presas por estupro. Não é o caso. Sinta-se grato.

Discrasia, disse o Pai Morto, essa é minha opinião. É patológico. Devo promulgar um ucasse contra isso.

Vocês vão à escola?, perguntou Julie às crianças.

Claro que vamos à escola, disse Hilda. Por que todos perguntam a uma criança se ele ou ela vai à escola? Todos nós vamos à escola. Não há como excapar.

Vocês querem excapar?

Você não queria?

O que vocês estudam na escola?

Somos estimulados com a doce sensualidade da linguagem. Aprendemos a construir frases. Vinde a mim. Quer vir à minha casa? O Natal só vem uma vez ao ano. Vim responder sua pergunta. A luz vem e vai. O sucesso vem para quem se esforça. Depois da segunda-feira vem a terça-feira. Ela vem ao palco no terceiro ato. A pasta de dentes vem em bisnagas. Pêssegos vêm de árvores e bons resultados não vêm de trabalho feito com desleixo. Educação vem de berço. Vieram treinando muito. Vem sentar-te comigo, Lídia, à beira do...

Essa menina me parece metida a espertalhona, disse o Pai Morto. Farei com que seja enviada a uma Escola Especial, bem como seu companheiro boca-suja.

Se fizer isso vamos pular no açude, disse Lars. E morrer afogados. Vou contar a você uma coisa absolutamente estarrecedora, surpreendente, maravilhosa, milagrosa, triunfante, estonteante, inaudita, singular, extraordinária, incrível, inesperada, vasta, minúscula, rara, comum, gritante, secreta até agora, brilhante e invejável; em resumo, uma coisa sem precedentes em eras anteriores, exceto por uma única e solitária ocorrência que não chega a ser comparável; uma coisa que julgamos impossível de acreditar em Paris (e então como alguém em Lyon acreditaria?), uma coisa que faz todos exclamarem maravilhados em voz alta, uma coisa que traz a maior das alegrias a quem dela fica sabendo, uma coisa que, em resumo, fará você duvidar das evidências fornecidas pelos seus sentidos: Nós não damos a mínima para o que você pensa.

Estou ofendido, disse o Pai Morto.

Eu estava citando Madame de Sévigné, disse o garoto, exceto pela última parte, que é minha.

Essas crianças estão fora de tom, disse o Pai Morto, a solução é uma Escola Especial.

É aquela que parece um zoológico?

Tem jaulas, sim. Mas andamos fazendo experiências com fossos.

Nem pensar, disseram as crianças.

As crianças lavando uma à outra com mãos ágeis.

Não posso mais ficar olhando, disse Julie, vamos seguir adiante.

Que crianças esquisitas, disse Thomas, mas todas as crianças são crianças esquisitas quando encaradas corretamente.

Grito de Thomas para os homens: Prosseguir, prosseguir!

O cabo se retesa.

Presentinhos para as crianças: um cortador de grama elétrico, um liquidificador.

Eles vão precisar disso em sua longa vida em comum, Thomas explicou.

Adeus! Adeus!, gritaram as crianças. Não contem, por favor não contem, jamais contem, jamais contem, por favor!

Não contaremos não contaremos não contaremos!, eles gritaram de volta. O Pai Morto não gritou.

Crianças, ele disse. Sem crianças eu não seria o Pai. Nada de Paternidade sem infância. Eu nunca quis, isso me foi imposto. Bem que eu poderia ter passado sem essa suposta honra, me tornando pai para então educar cada um de milhares e milhares e dezenas de milhares, de filhote inflando a filhão, um período de anos, e em seguida me assegurando de que os filhões, quando machos, usavam o chapéu com guizos, e quando não observado o princípio do *jus primae noctis*, o constrangimento de abandonar quem eu não queria, a dor de abandonar quem eu queria, ao sabor das correntes do mundo lá fora, sem que nunca mais esquentassem meu sofá frio, e o gerenciamento dos hussardos, a manutenção da ordem pública, a organização dos códigos postais, a higiene das sarjetas, por mim eu teria continuado no gabinete comparando edições de Klinger, o primeiro estado, o segundo estado, o terceiro estado e assim por diante, havia um rasgo ao longo da dobra? e assim por diante, mancha de água e assim por diante, mas isso não era possível, tudo proliferou e se multiplicou, e se multiplicou, e se multiplicou, e eu precisei ser o Pai, era a ordem natural, milhares, dezenas de milhares, mas eu queria descobrir se se se eu comparasse uma gravura impressa em prancha de polpa de madeira com outra impressa em prancha de puro tecido perceberia manchas amareladas e se os estrondos subterrâneos prejudicariam ou não a integridade dos meus pastéis secos. Eu nunca quis, isso me foi imposto. Eu queria me preocupar com a ação do sol desbotando aquilo que valorizo acima de qualquer outra coisa, marrons fortes se tornando marrons pálidos ou mesmo amarelos desbotados, saber como me proteger contra isso, esse tipo de coisa, mas não, eu precisei devorá-los, centenas, milhares, fe-fi-fo-fum, às vezes também os sapatos, abocanhando uma bela perninfante para então encontrar, no meio dos dentes, o tênis envenenado. Cabelo também, milhares de quilos de cabelo escarificando as entranhas ao longo dos anos, por que não apenas jogá-los em poços, abandoná-los em encostas, eletrocutá-los por acidente com ferroramas? E o pior eram as calças jeans, minhas refeições prato após prato de jeans mal-lavados, camisetas, sáris, sapatos sociais. Bem que eu poderia ter contratado alguém para descascá-los primeiro.

Acredite em mim, disse o Pai Morto, eu nunca quis, eu queria apenas o conforto da minha poltrona, o tato de um delicado papel Fabriano, o suor frio ao imaginar se tinham me ludibriado se se se era ou não uma reprensagem, se algum espertalhão tinha dado um banho de aço em uma velha matriz de cobre e impresso umas mil gravuras adicionais, se o autor de uma coisa era o Mestre HL ou o Mestre HB ou se se se se...

Ele não para, disse Julie.

Nunca nunca nunca para, disse Thomas. Mas até que está se comportando bastante.

Está *mesmo* se comportando bastante.

Estou me comportando bastante, disse o Pai Morto, porque tenho esperança.

Diga-me, perguntou Julie, você já sentiu vontade de pintar, desenhar ou gravar? Você mesmo?

Não era necessário, disse o Pai Morto, porque eu sou o Pai. Todas as linhas são minhas linhas. Todas as figuras e todos os fundos são meus, saíram da minha cabeça. Todas as cores, minhas. Você me entende.

Não tivemos escolha, disse Julie.

3

Uma parada. Os homens soltam o cabo. Os homens observam Julie de longe. Os homens à toa. *Pemmican* é dividido em bocados fartos e escuros com a faca de cortar *pemmican*. Edmund leva o cantil à boca. Thomas tira o cantil. Protesto de Edmund. Admoestação de Thomas. Julie dá a Edmund um naco de haxixe para mascar. Gratidão de Edmund. Julie enxuga a testa de Edmund com lenço branco. O cabo pousado sobre a estrada. O azul do céu. Árvores servindo de encosto. Balbucios de pássaros e o sussurro da relva. O Pai Morto tocando seu violão. Thomas executando funções de liderança. Construção do plano. Mapas analisados e favas sagradas sacudidas no pote. Ramos de milefólio lançados. Uma sacudida no copo de dados. Paleta de ovelha assada e rachaduras no osso lidas. Ervilhas sacudidas numa peneira. Machadinho cravado em uma enorme estaca e registrados os seus frêmitos. Primeira cebola a brotar colhida e sua casca descascada. Augúrios somados e divididos por sete. Thomas cai desfalecido no chão.

Soerguimento de Thomas. O Pai Morto se detém em meio a um acorde. Aplicação de panos úmidos no prosencéfalo de Thomas. Ele volta à vida. Ansiedade dos observadores. O que foi vaticinado? Bocados de *pemmican* suspensos sobre bocas abertas em expectativa da revelação. Thomas permanece em silêncio. Raiva dos homens. Thomas olha para os sapatos. Raiva dos homens. Edmund encosta o cantil na boca. Emma surge. Thomas se assusta. Quem é Emma? Emma senta sobre uma caixa. Julie olha para Emma. Seus olhares se encontram. Embate de dois olhares. Emma passando o dedo no broche. Julie em pé com as mãos junto às coxas por cima da saia. Thomas bulindo com a guarda da espada. Silêncio das tropas. Cabelo dourado de Emma. Busto atrevido de Emma. Olho alegre de Emma. Consternação geral. O Pai Morto enumera seus títulos. De Bacharel em Agricultura a Bacharel em Estudos Secretariais. Olhar maligno de Thomas para o Pai Morto. Samambaias cortadas e sobre uma cama de samambaias trutas frescas recém-extraídas do riacho de trutas apresentadas a Emma por soldados com uma das pernas genuflectidas. Emma satisfeita. Pelinhos de prazer se eriçam na nuca de Emma. Emma sugere o cozimento (imediato) das trutas e saca da bolsa reticulada uma lata de lascas de amêndoas. Os homens fazem uma fogueira, o *pemmican* é inteiramente esquecido. Mais trutas retiradas do riacho de trutas, muita sofreguidão. O céu acinzenta enquanto o sol se esconde por trás de imensa nuvem. Míngua ou morte do sol. O projetor é preparado para projeção de filme pornográfico. Thomas decide que o Pai Morto não tem permissão para ver o filme, por conta da sua idade. Indignação do Pai Morto. Morte do violão, espatifado contra uma árvore com indignação. Carcaça do violão adicionada à fogueira. Thomas inflexível. O Pai Morto furioso. Emma reinante. Julie encarando. Truta dourando. Thomas caminha até o precipício. Encara o precipício. Aspecto de alguém prestes a se atirar. Thomas recua do precipício. Lascas de amêndoas salpicadas sobre várias trutas dourando dentro de várias frigideiras. Projetor lança imagem sobre tela (desmontável/portátil). O Pai Morto afastado e acorrentado a um bloco de motor abandonado em um campo mais distante. Vilipêndios do Pai Morto. Que seus olhos explodam etc. Thomas a ignorar. O filme. Cenas de festa, homens e mulheres, o quarto conviva, uma mulher, se levanta e senta no colo do segundo conviva, uma mulher, começam a trocar carícias nos seios. O nono conviva, um homem, aborda o sexto conviva (ajoelhada com a cabeça entre as pernas do quinto conviva) e começa a tirar o jeans. O nono conviva desafivela o cinto, abre o zíper do jeans e o desliza com esforço pelos quadris do sexto conviva. O nono conviva baixa com cuidado a calcinha laranja do sexto conviva e enfia o polegar ereto no meio de suas pernas. Alguns membros do grupo assistindo à tela, outros assistindo a Emma, outros assistindo a Emma/tela/Emma/tela, outros assistindo a Emma/tela/Julie/tela/Thomas.

Sorriso de Emma tocando todos os rostos e quem sabe? corações. Inclinação do busto de Emma na direção da fogueira cuja luz o faz corar. Franzimento do cenho de Julie que está catando espinhas da truta. Disposição de lugares prestes a ser anunciada. Sorriso de Emma causando confusões, alguns devolvem sorriso, alguns não, alguns estão mergulhados no filme, outros abraçados em busca de consolo e conforto mútuos, alguns engatinhando na direção da caixa de Emma, quando...

Emma se levanta, estende as mãos. Recebe sua truta dourada e tostada com as amendoazinhas espargidas em um molho saboroso, manteiga, ervas. Emma morde truta. Buraco de mordida na truta, em forma de U. Aplauso dos homens. Mãos se chocando. Thomas ordena que se interrompa o filme. Diz que o filme não representa com precisão os parâmetros do amor humano. Falta algo, ele diz. Raiva dos homens. Thomas discursa por 15 minutos sobre o tema de seu amor (pessoal) pela pornografia. Mesmo assim este filme, este filme, ele diz, está desligado. O sexto conviva começa a se mover para cima e para baixo no polegar do nono conviva, bem devagar, e a imagem vira luz branca. Raiva dos homens. Raiva das mulheres. Assobios e pisoteios. Arenga do Pai Morto, a partir de um campo mais distante. Thomas volta a se aproximar do precipício.

Ausência de filme. Inquietação dos homens. Os mais ousados se aproximam. A caixa de Emma, sobre a qual repousa seu fundamento, observada com atenção. Tentativa dos mais ousados de insinuar a cabeça por baixo da saia de Emma, de modo a presenciar sabe-se lá o quê. Fracassam, o gracioso pé de Emma chuta. Para que aprendam uma lição.

Segue enquanto isso a mastigação das trutas, alguns tolos também as mastigam, com molho de endro. Para que aprendam uma lição. Resmungos misturados com guinchos. Emma se levanta, se espreguiça. Então o duelo, Alexander *versus* Sam. Um pinica o ombro do outro. Thomas aplica band-aids. Julie se aproxima de Emma. Conversa.

Filhinha de quem?

Eu me viro, eu me viro.

Hora de ir.

Na esperança de que esta a encontre em boa hora.

Coisas ruins acontecem com qualquer um.

É uma ameaça?

E o arrastaram por toda essa distância sem bochinche algum.

É uma ameaça?

Interprete como quiser.

Mais o que fazer.

Dedicaremos todos os nossos esforços.

Quem é o chefe?

Aquele da malha laranja.

Até que é bonitinho.

Cada um, cada um.

Acho que vou ficando.

Toma um se quiser se animar.

Obrigada.

Dois é demais.

Cada um, cada qual.

Como ainda não deu retorno acerca da minha sugestão.
Aonde o estão levando?
Dedicaremos todos os nossos esforços.
Mais do que posso suportar.
Não é não.
Transgressão atroz dos ordinatórios.
Não é não.
Até que é bonitinho.
Ainda não me decidi.
Deve ter estudado nosso idioma.
Pode acreditar.
Como está se sentindo?
Já estive pior.
Por algum tempo fui rainha em Yorkshire.
Conheceu o lorde Raglan?
Conheci o lorde Raglan.
Até que é bonitinho.
Bonito, inteligente, rico.
Creio que Yorkshire não tem rainha.
Correto.
Hora de ir.
Acho que vou ficando. Obrigada.
Dois é demais.
Cada um, cada qual.
Mesmo assim. Mesmo assim.
Diversas circunstâncias que exigem minha atenção.
Posso dificultar as coisas para você.

Laranja e tão recheada.

Não sabe onde está se metendo.

Na esperança de que esta a encontre em boa hora.

Acordar em uma noite escura com um polegar enfiado no olho.

Mulheres unidas mudando o que pode e deve ser mudado.

Sacudiu as vergonhas na minha cara.

Mais do que posso suportar.

Não é não.

Vai doer?

Não sei, não sei, não sei.

Até que é bonitinho.

Ainda não me decidi.

Grupos nos cercam carecendo de orientação.

Talvez.

Ele presta?

Assunto meu.

Já provou dos outros?

Assunto meu.

Quero dar uma olhada. Conhecer as atrações.

Posso dificultar as coisas para você.

É uma ameaça?

Entenda como quiser.

Perguntei sobre organização.

O que ele disse?

Destrua para que a água flua livre.

Isso é dor reflexa eu entendo do assunto.

Mas uma donzela se afogou.

Resgataram um corpo?

Três. Dois pertenciam a ovelhas.

Oh sim eu li a respeito. No *Svenska Dagbladet.*

E ele se sentiu culpado.

Nunca perguntei.

Tudo muito bem pensado.

É um filho da puta pode acreditar.

Mesmo assim.

Cumprindo nosso dever com grandes sacrifícios pessoais e emocionais.

Algum dos outros presta?

Não provei.

Acho que ouvi um cão latindo.

É possível. As unidades básicas mais simples se transformam nos padrões naturais mais ricos.

Gosta de bater?

Não gosto não.

Pena. Já seria um começo.

Isso não me atrai.

Onde um corpo pode apanhar por aqui?

Toma um se quiser se animar.

Obrigada. Domingo de Ramos.

Espero que você saiba o que faz. Cordialmente.

Pouco me importa. Obrigada.

Hora de ir, hora de ir.

Caminhando na praia, ouvindo as ondas.

Acho que meu nariz está sangrando.

Tome meu lenço.

Tenho um muito obrigada.

Podia ter metido em um tijolo, ele disse.

Que homem de boca podre.

Até que é bonitinho.

Já provou dos outros?

Acabo de chegar e gostaria de me lavar e descansar um pouco.

Não pouparemos esforços. Posso dificultar as coisas para você.

Vai doer?

Fica a meu critério. Meu sim ou não.

Acho que ouvi um cão latindo.

Uma aridez espiritual difícil de conciliar com a alegria da superfície.

Deixou Barcelona desacreditado.

Suspeitei dele desde o princípio.

Certas provocações o governo não tinha como administrar.

Muito cedo para dizer. Que broche bonito.

Era da minha mãe. Deixou para mim em seu leito de morte.

Adeus adeus adeus.

Acho que vou ficar por um tempo.

Que interessante.

Ver como as coisas funcionam.

Que interessante.

Contou a ele?

Para minha vergonha, não.

E se houver a mínima chance de você se encontrar comigo.

Ímpetos amorosos e delicadas súplicas.

Tudo foi avaliado minuciosamente.

Hein?

Acho que ouvi um cão latindo.

Conheceu o lorde Raglan?

Trocávamos acenos de cabeça quando as carruagens se cruzavam.

Fora daqui, fora daqui.

Hoje não, hoje não.

Tome um, você vai se animar.

Vai doer?

4

A fila da marcha. Fila do cabo. Vista de cima, esta imagem:

Encontraram em seguida um homem cuidando de um bar a céu aberto.

Sim, disse Thomas.

Cabo pousado.

Drinques para todos.

Ah!, disse Thomas.

Nada mau, disse o Pai Morto.

Oba, disse Emma.

Outra, disse Thomas.

Vodca, certo?, perguntou o balconista.

On the rocks, e pode colocar três azeitonas?

Três azeitonas, disse o balconista.

Após preparar os drinques, cruzou os braços e se recostou em uma árvore.

Viu os cavalos?, perguntou o Pai Morto.

Eram oito, disse Julie. Eu contei.

Penachos negros, disse Thomas. Rédeas negras, arreios negros.

Cavalos negros, disse o Pai Morto.

Trotando em fila, muito bem adestrados, nenhum relincho.

Talvez não fossem reais, sugeriu o Pai Morto.

Eram reais, disse Thomas.

Julie pediu outro drinque.

Já bebeu o suficiente, disse o balconista. Chega.

Ele tem razão, disse Thomas, você já bebeu o suficiente.

Quem decide quando bebi o suficiente sou eu, disse Julie. Quero mais.

Ele pode perder a licença se você cair desacordada ou afrontar alguém, disse Thomas.

É verdade, disse o balconista, posso perder minha licença.

Aqui?, perguntou Julie, indicando o vazio. Quem eu afrontaria?

Nunca se sabe, disse o Pai Morto. Peregrinos sedentos, nativos do distrito, caixeiros-viajantes.

Dose dupla, disse Julie.

Não servimos mulheres desacompanhadas, disse o balconista.

Estou acompanhada, não estou?

Está falando do cavalheiro de malha laranja ou do cavalheiro de túnica dourada?

Ambos.

Vi que ele estava com o polegar ali embaixo, disse o balconista, aposto que estava enfiando onde não devia. Uma grosseria e tanto fazer isso num lugar público.

Grosseria, disse o Pai Morto, animado. Nunca em toda a minha vida...

Você é pai de família, disse o balconista ao Pai Morto. Isso está bem claro.

Sem dúvida.

Você tem filhos, disse o balconista, responsabilidades.

Além da conta.

Imaginei, disse o balconista, então podemos conversar. Nós nos entendemos.

Sim, manda ver.

Podemos bater um papo, disse o balconista, trocar uma ideia.

Thomas olhava para o céu amarelo.

Podemos conversar dia e noite, disse o Pai Morto, desde que estejamos na mesma frequência.

Quando ele enfia o polegar ali dentro, perguntou o balconista, como você se sente?

Ignorado, disse o Pai Morto.

Cai cai balão cai cai balão, Julie cantarolou. Aqui na *minha* mão.

Posso colocar?, perguntou o balconista.

Posso tomar outro drinque?

Um *scotch* duplo apareceu sobre o balcão.

Julie tomou o *scotch* de um gole só. Depois tirou a blusa. Estava sem nada por baixo.

Não era disso que eu estava falando, disse o balconista, mas meu Deus do céu.

Uma multidão tinha se formado, homens e mulheres. Gargalhavam.

Thomas acariciou a barriga de Julie.

Não encosta!, ela disse, você vai irritar os outros.

A multidão parou de gargalhar, homens e mulheres, chegaram mais perto, olhavam com raiva para Thomas.

Quem vocês pensam que são?, um homem gritou raivoso.

Sou o amante desta moça, gritou Thomas.

Deixe a nossa barriga em paz!, o homem gritou.

Sua barriga?, Thomas perguntou, incisivo.

Chegaram ainda mais perto.

Mãos se estenderam na direção da barriga.

Esse tipo de gente não aparece muito por aqui, disse o balconista.

Thomas começou a usar um batom para escrever na barriga. A barriga branca, com dobras interessantes.

Oh, seu velhaco!, gritou a multidão. Oh, seu patife!

Julie virou a barriga para a multidão. A luz do sol ricocheteando das pontas dos seios (roxas).

Emma de cara feia no balcão. Bebendo Campari com soda.

Thomas estendeu a blusa para Julie.

Nossa barriga!, disseram. Ele a está tirando de nós!

A barriga oscilou como um trampolim na direção dos admiradores.

Julie vestiu a blusa e a colocou por dentro da saia verde-escura que ia até o chão.

Olhou para Thomas.

Perdi toda a minha beleza?

Ainda não, ele disse.

Que maravilha, disse o Pai Morto. Fiquei ofendido, é claro.

Sofra, disse Julie.

Seu rosa contra o verde dos campos, disse Thomas. Várias de minhas cores prediletas.

Quando você era menino me disseram que era daltônico, disse o Pai Morto. Nunca acreditei que você fosse daltônico. Um filho meu.

Eu achava que era daltônico, disse Thomas, porque me disseram que eu era daltônico. Problemas com o verde, segundo eles.

Nunca achei que você fosse daltônico. Você enxergava o que concordamos em chamar de verde.

Eu enxergava o que eu julgava e ainda julgo ser o verde.

Nunca achei que você fosse daltônico nem obtuso, disse o Pai Morto, apesar do que os especialistas me disseram.

Você teve esperança, disse Thomas. Sou grato por isso.

Censuro apenas você nunca ter entendido a situação como um todo, disse o Pai Morto. Jovens nunca entendem a situação como um todo.

Nem insinuo que entendo agora. Eu entendo os contornos. Os limites.

Claro que os contornos são mais fáceis de entender.

Pessoas mais velhas tendem a negligenciar os contornos, mesmo quando olham diretamente para eles, disse Thomas. Não gostam de pensar no assunto.

Alexander se aproximou de Thomas.

Olha ali, disse. Apontou.

Um cavaleiro na colina.

Acho que está nos seguindo, disse Alexander.

Já o viu antes?

Ontem. Sempre mantém a mesma distância.

Não é um dos que passou por nós na estrada?

Não. Aqueles eram negros, este é baio.

Quem será?, disse Thomas. Olhou para o relógio do Pai Morto, que usava no pulso.

Certo, disse, vamos em frente.

O cabo esticado. O avanço pela estrada. O cavaleiro seguindo.

5

Thomas ajudando a puxar o cabo. Julie carregando a mochila. O Pai Morto comendo uma tigela de pudim de chocolate.

Quando pedi a ajuda de vocês, ele disse, não foi por estar precisando de ajuda.

É claro que não, disse Thomas.

Estou fazendo isso por vocês, acima de tudo, disse o Pai Morto. Pelo bem de todos e portanto, por vocês.

Thomas não disse nada.

Como tantas outras coisas, disse o Pai Morto.

Thomas não disse nada.

Vocês nunca ficaram sabendo, disse o Pai Morto.

Thomas virou a cabeça.

Você mencionou isso inúmeras vezes, disse.

Oh bem sim posso ter mencionado uma ou outra iniciativa de vez em quando. Mas você nunca ficou *sabendo*. No sentido mais pleno. Porque você não é pai.

Sou, sim, disse Thomas. Esqueceu da Elsie?

Não conta, disse o Pai Morto. Um filho jamais pode, no sentido mais pleno, se tornar um pai. É possível empreender algum esforço amador. Um filho pode, com dedicação honesta, produzir o que algumas pessoas chamariam, tecnicamente, de filhos. Mas ele continua sendo um filho. No sentido mais pleno.

Um instante de silêncio.

Tem notícias dela? Da Elsie?

Recebi um cartão-postal, disse Thomas, três meses atrás. Fotografia de um cachorrinho de olhos grandes e arregalados. Com amor, ela escreveu.

Quatro meses atrás, disse Julie.

Três meses e meio atrás. Contou que estava jogando hóquei sobre grama. Meia-esquerda, a posição dela.

Hóquei, disse o Pai Morto. Correr pelo campo inteiro atrás daquela coisa redonda e dura. Desenvolve os músculos da coxa. Às vezes, mais do que o desejável.

Thomas deu um puxão no cabo. O Pai Morto caiu. Julie e Emma o levantaram.

Músculos da coxa tomados de nós, mais parecendo cascas de lagosta bem vermelhas e vazias, disse o Pai Morto, sei bem como é. Antiestético. Coisa triste de se ver em uma menina de 12 anos.

Escrevi aconselhando que ela não exagere, disse Thomas, olhando para trás.

Como pode aguentá-lo?, o Pai Morto perguntou a Julie. É um garoto. Um recém-nascido. Um criançola. Provavelmente ainda nem encontrou o botão.

Encontrou, ela respondeu.

É dos grandes?, perguntou o Pai Morto.

Grande o bastante.

Vermelho e tenro?

Tenro o bastante.

Posso ver?

Oh, estou farta de você!, gritou Julie.

Ergueu para o ar braços que terminavam em punhos cerrados.

Não estou farto de você, disse o Pai Morto.

Azar o teu, ela disse. Não meu. Teu. Teu, tá?

Teta, disse o Pai Morto. Uma mamadinha?

Não dá para acreditar.

Thomas se aproximou do Pai Morto e lhe deu um tapa seco na testa.

O Pai Morto disse: Isso foi bem desagradável!

Depois: Se eu pudesse voltar a ser quem sou!

Estamos progredindo, disse Thomas.

Quando eu me banhar na vasta eletricidade amarela, disse o Pai Morto, reviverei enfim.

Melhor não se encher de expectativas, disse Thomas, perturba as chances.

Chance! Ora, sem dúvida o Velo não é uma mera chance.

É uma chance *excelente*, disse Julie sem perder tempo. Uma chance *fenomenal*.

Já notaram o tempo?, perguntou Thomas.

Todos se viraram para observar o tempo.

Tempo bom, disse Julie. Tempo ótimo.

Um dia bem agradável, Emma comentou.

Dia agradável, disse o Pai Morto.

Extremamente agradável, disse Thomas.

Foi em um dia bem parecido com este, disse o Pai Morto, que eu me tornei pai da Mesa de Sinuca de Ballambangjang.

Do quê?

É uma história bem interessante, disse o Pai Morto, e vou contá-la agora. Fui cativado ao avistar certa donzela, uma donzela com cabelos cor de graúna...

Olhou para Julie, que passou a mão nos cabelos muito muito escuros.

Uma donzela com cabelos cor de graúna e imensa beleza. Chamava-se Tulla. Enviei a ela muitos presentes. Maquininhas, acima de tudo, uma máquina para marcar o nome em tiras plásticas, uma máquina para extrair grampos de documentos, uma máquina para encurtar as unhas, uma máquina para remover amassados de tecidos com ajuda de vapor. Bem, ela aceitou os presentes, até aí tudo bem, mas a mim ela rejeitou. Como podem imaginar, não aprecio ser rejeitado. Não estou acostumado com isso. Em meus domínios isso não acontece, mas para o meu azar ela morava um tantinho além dos limites do condado. Não gosto de ser rejeitado. Na verdade é uma coisa pela qual nutro uma aversão extrema. Então me transformei em um corte de cabelo...

Em um cortador de cabelo?, Julie perguntou.

Em um corte de cabelo, disse o Pai Morto. Eu me transformei em um corte de cabelo e me posicionei na cabeça de um membro do meu séquito, um sujeito bem atraente, mais jovem do que eu, mais jovem e mais estúpido, isso nem preciso dizer, mas ainda assim não desprovido de certo encanto rude apesar de mais careca que um ovo de avestruz, e por conta disso um tanto acanhado na presença de damas. Usando as vastas costeletas esvoaçantes como se usasse os joelhos para guiar um cavalo...

O cavaleiro ainda está nos seguindo, Thomas registrou. Por que será?

... eu o remeti a galope rumo à deliciosa Tulla, prosseguiu o Pai Morto. Tão superior era o corte de cabelo, ou seja, eu, em conjunto com a juventude efervescente, pela qual não o culpo, que ela sucumbiu de imediato. Imaginem. A primeira noite. Uma pele sem par. No momento crucial eu me transformei de volta em mim mesmo (sumindo o serviçal) e nós dois, ela e eu, olhamos um para o outro e nos demos por satisfeitos. Passamos muitas noites juntos roarrugindo e plenos de furioso deleite. Nessas noites eu a emprenhei e me tornei pai da ficha de pôquer, da caixa registradora, do espremedor de frutas, do *kazoo*, do *pretzel* de borracha, do relógio-cuco, do chaveiro, do cofrinho, do pantógrafo, do cachimbo de bolhas de sabão, do saco de pancadas tanto o pesado quanto o leve, do mata-borrão, do soro nasal, da Bíblia em miniatura, da ficha para caça-níqueis e de muitos outros artefatos culturais úteis e benévolos, bem como de alguns milhares de crianças comuns. Também me tornei pai de diversas instituições úteis e benévolas como a cooperativa de crédito, a carrocinha e a parapsicologia. Gerei também diversos reinos e territórios, todos a este superiores em terreno, climatologia, leis e costumes. Exagerei, mas estava apaixonado, loucamente apaixonado, é tudo que tenho a dizer em minha defesa. Foi um período muito criativo, mas minha querida, tendo parido toda essa abundância sem reclamar ou manifestar qualquer reprovação, acabou morrendo. Em meus braços, é claro. Suas últimas palavras foram "agora chega, Papi". Fiquei inconsolável e, como se possuído por um demônio, desci ao submundo buscando resgatá-la.

Ali eu a encontrei, disse o Pai Morto, após muitas aventuras por demais tediosas para relatar. Ali eu a encontrei, mas ela se recusou a voltar comigo porque já havia provado a comida-do-inferno e se tornado uma apreciadora, aquilo vicia. Era vigiada por oito trovões que pairavam sobre ela e todas as noites lhe traziam iguarias ainda mais infernais, e vigiada também por horrendos-homens-infernais que me atacaram com doces e guloseimas tentando me escorraçar. Todavia despi as vestes e as lancei contra os horrendos-homens-infernais, peça por peça, e cada peça que encostava em um horrendo-homem-infernal, ainda que apenas roçasse de leve, fazia com que ele se desfizesse em suspiros vaporosos. Não havia como eu ficar, não havia nada que me fizesse ficar; ela era deles.

Em seguida, disse o Pai Morto, para me purificar das impurezas que tinham se infiltrado em mim no submundo, mergulhei de cabeça no rio subterrâneo Geleia, lavei ali o olho esquerdo e me tornei pai da deidade Pulas, que governa o progresso do ricochete ou o que quica onde e com qual efeito, e lavei o olho direito e me tornei pai da deidade Rastelo, a quem cabe o governo dos efeitos colaterais/imprevisíveis. Em seguida lavei o nariz e me tornei pai da deidade Gorno, que mantém cálido o interior das sepulturas, e da deidade Libet, que não sabe o que fazer e assim serve de inspiração para todos nós. Caí então vítima de oitocentas miríades de pesares e estava pesaroso quando um verme chegou perto de mim se retorcendo enquanto eu arrancava os cabelos e me convidou para jogar sinuca. Faz bem, ele disse, para esquecer. Não tínhamos, respondi, uma mesa de sinuca. Bem, ele disse, você não é o Pai Morto? Então me dediquei a engendrar a Mesa de Sinuca de Ballambangjang, criando seu pano verde com o conteúdo de um campo de alfafa próximo dali e suas pernas com postes de telefone próximos dali e suas caçapas escuras com as bocas dos horrendos-homens-infernais restantes que forcei a se postarem boquiabertos nos pontos adequados...

Qual era o nome do verme?, Thomas quis saber.

Esqueci, respondeu o Pai Morto. Em seguida, quando estávamos passando giz nos tacos, o verme e eu, aparece o Mal em pessoa, o-senhor-da-grande-magia, de aspecto tenebroso, não quero falar sobre isso, direi apenas que na mesma hora eu me dei conta de que estava no lado errado do Estige. Ainda assim não me faltou presença de espírito, mesmo em tal situação. Após desenrolar meu pênis, então em seu estado abatido, lancei-o até o outro lado do rio, que ficava a digamos uns 65 metros, onde ele se enganchou com grande conveniência na fissura de uma rocha. Em seguida fui me puxando através da correnteza inclemente, uma mão depois da outra, em meio a dores excruciantes, como podem imaginar, até chegar à outra margem. Olhando para trás, emiti um grito de triunfo para mostrar aos inimigos que ainda estava vivinho da silva e desapareci como um raio no meio das árvores.

Inaporricreditável, disse Julie.

Imporrincrível, disse Emma.

Nem Rudolf Rassendyll teria lidado melhor com a situação, disse Thomas.

Sim, disse o Pai Morto, e até hoje na margem daquele rio existe uma Associação de Poupança & Crédito. Uma coisa que engendrei.

Formiporridável, disse Julie. De repente estou me sentindo mais pra lá do que pra cá.

Eporropeico, disse Emma. De repente estou me sentindo na capa da gaita.

Anda rendendo seis vírgula 75 por cento, disse o Pai Morto, eu garanto.

Tem gente, disse Julie, que sabe direitinho como fazer os outros se sentirem uma coisinha de nada.

Gente muito boa nisso, disse Emma.

Pra esse pessoal somos peixe pequeno.

Gente que se acha a última bolacha do pacote, disse Emma.

Melhor doar o corpo para a ciência, disse Julie.

Isso aconteceu quando eu era jovem e repleto da vivacidade que me escapuliu e em busca da qual estamos empreendendo esta jornada para que eu a recupere mediante as excelentes propriedades revitalizantes daquela coisa dourada, lanosa e comprida sobre a qual cantam os bardos e cantam os escaldos e cantam os *Meistersingers*, disse o Pai Morto.

Fica evidente que se não fosse por um capricho do destino o ritmo estaria sendo ditado por nós e não por eles, disse Julie.

Fica evidente que se não fosse por um capricho do destino o modo da música seria diferente, disse Emma. Bem diferente.

6

Anoitece. A fogueira. Gatos berrando ao longe. Julie lavando a blusa. Emma organizando a bolsa.

Contem-me uma história, disse o Pai Morto.

Pois não, disse Thomas. Certo dia em um lugar agreste distante da cidade quatro homens em ternos negros com camisas e gravatas e maletas 007 contendo submetralhadoras Uzi me sequestraram, dizendo que eu estava errado e sempre tinha estado errado e sempre estaria errado e que não iriam me machucar. Então me machucaram, primeiro com abridores de lata e depois com saca-rolhas. Em seguida, esguichando tintura de iodo em minhas múltiplas feridas, galoparam comigo pela escuridão crescente...

Oh!, disse o Pai Morto. Uma narrativa dramática.

Bastante, disse Thomas. Galoparam comigo pela escuridão crescente subindo pela encosta de uma pequena montanha, descendo pelo outro lado da mesma montanha, cruzando um riozinho, até chegarmos a um lugar ainda mais agreste e bem mais distante da cidade. Lá, se puseram a almoçar. Almoçamos juntos sem dizer nada. Em seguida, após limparmos o local até não sobrar sequer um ossinho de frango, voltamos a montar e avançamos em fila indiana pelas brumas úmidas da tarde sobre morros e várzeas e cruzamos hiatos de toda sorte, eventos dos quais eu talvez não me recorde, até chegarmos a um lugar ainda mais agreste que recendia a peixe e a grama morta, bem mais distante da cidade. Aqui demos de beber aos cavalos contra a vontade dos animais, eles não gostaram da água. Ajudei a fazer uma fogueira catando ramos secos caídos das árvores mas quando terminei de ajudar a fazer a fogueira me informaram que ninguém queria fogueira alguma. Ainda assim um dos homens abriu a maleta 007, retirou a submetralhadora e após desdobrar a coronha dobrável desferiu uma rajada curta sobre os ramos secos, fazendo com que pegassem fogo. Os cavalos empinaram e relincharam de medo e o cavalariço praguejou contra o atirador e praguejou contra mim que tinha ajudado a construir uma fogueira quando ninguém queria fogueira alguma. Em seguida, voltando a montar e deixando o fogo a sós para fazer sua folia entre as árvores rangentes e manchadas de castanho, avançamos a galope pelo centro de um longo vale, cruzando campos de trigo mole, saltando rochas e cercas até chegarmos a uma casa. Paramos sem apear diante da porta, o hálito dos cavalos visível no frio da manhã, havia uma luz ali dentro. Eles me acompanharam até o interior da casa e à luz mortiça de uma única vela me machucaram mais uma vez, com garfos. Perguntei por quantos dias ou semanas ou meses eu continuaria sendo transportado e machucado daquela forma e eles responderam, até que eu chegasse a um acordo. Perguntei o que queriam dizer com chegar a um acordo, mas eles ficaram quietos.

Deixamos a casa e voltamos a montar. Em seguida, após galoparmos por algumas horas pelo breu da noite chegamos a um lava-rápido. O lava-rápido era feito de aço e blocos de concreto, nosso tropel ecoou quando o adentramos e quando passamos por um mecanismo em que esponjas gigantes poliam carros azuis e cinza e prata de último modelo e quando deixamos o mecanismo para trás até chegarmos a um cômodo ou ringue amplo com areia no assoalho. Fui tirado do cavalo por dois homens que ataram minhas mãos às minhas costas e me enfiaram na boca um pedaço de papel com uma inscrição que não consegui enxergar mas que eu sabia ter relação comigo, ser sobre mim. Em seguida fui empurrado para o ringue no qual vagavam uma dúzia de outras pessoas amarradas de forma similar trazendo entre os dentes pedaços similares de papel com inscrições, andamos ou cambaleamos pelo ringue evitando com muito esforço qualquer colisão, quando me aproximava de alguém ele ou ela esboçava gestos agressivos e rosnava, compreendi que se esperava que esboçássemos gestos agressivos e rosnássemos, esbocei gestos agressivos e rosnei sempre que alguém se aproximava de mim ao mesmo tempo em que tentava ler o que estava escrito no pedaço de papel que aquela pessoa trazia entre os dentes. Mas de nada adiantou, não consegui ler o que estava escrito em nenhum dos pedaços de papel ainda que tenha dado uma espiada na caligrafia que era a mesma em todos os pedaços de papel, uma letra cursiva delgada e elegante. Esse enfadonho vaivém durou a noite inteira e também o dia seguinte e fiquei preocupado e me perguntando se haveria almoço. Tendo almoçado no primeiro dia esperava fazer o mesmo no segundo e no terceiro e no quarto mas isso era otimismo, não havia almoço algum, apenas gestos agressivos e rosnados e tentativas invariavelmente fracassadas de ler o que estava escrito nos pedaços de papel presos nas bocas de meus saracoteantes colegas. Então sem mais nem menos fui retirado do ringue e colocado diante uma porta, a porta se abriu e enxerguei ali dois homens, um de cada lado de uma cama hospitalar sobre a qual havia um caixão de madeira contendo um cadáver, que presumi estar morto, as mãos do cadáver estavam eretas como se tentassem agarrar alguma coisa e percebi que faltavam os dedos das duas mãos, o cadáver tentava agarrar sem ter dedo algum, a porta se fechou e ouvi um som que lembrava o de um elevador, a porta se abriu mais uma vez e os dois homens tinham sumido e o cadáver tinha sumido. Cruzei a porta do elevador e a porta se fechou às minhas costas. Fui levado ao último andar.

Fui levado ao último andar, disse Thomas, e lá topei com um homem mascarado sentado atrás de uma mesa. A máscara tinha o mesmo tamanho que o homem e havia sido talhada do tronco de uma árvore, tinha características africanas e era resultado de um trabalho incrivelmente hábil com cinzéis ou talvez de um trabalho incrivelmente hábil com enxadas, lembrava um rosto humano por ter cinco buracos à mostra, não havia orelhas. O homem mascarado disse que eu estava errado e sempre tinha estado errado e sempre estaria errado e que ele não iria me machucar. Então ele me machucou, com documentos. Em seguida perguntou aos meus acompanhantes se eu estava amadurecendo. Está ficando mais velho, respondeu o mais alto da dupla, e todos os presentes assentiram com a cabeça, era sem dúvida uma verdade, o homem mascarado manifestou sua satisfação. Em seguida me envolveram em uma *djellabah* com trinta tons de marrom e me transferiram para uma Land Rover que seguiu de imediato para uma planície ampla e árida com muitas centenas de quilômetros, parando de tempos em tempos para adquirir combustível e água em recipientes surrados entregues sem a menor boa vontade por funcionários desgrenhados, obesos e sem uniforme em estações de abastecimento ao longo do trajeto. Onde estaria o almoço?, eu me perguntei lembrando do primeiro dia, do frango, dos pepinos, da salada de batata. Depois de atravessar o deserto topamos com um pântano, tufos de grama alta e asquerosa escapando de um lodo verde, trocamos a Land Rover por uma piroga, e com um de meus acompanhantes remando na proa e o outro usando a vara na popa e comigo no meio fomos avançando pela superfície úmida e plangente, ciprestes gigantes grunhindo e rosnando por todos os lados e micos com cinco centímetros de altura dependurados nas árvores com um só braço mais parecendo frutos malignos. Durante uma pausa no uso da vara e do remo com a ponta dianteira da piroga enfiada em uma elevação de terra escorregadia eles rechearam os cachimbos com tabaco úmido retirado das maletas 007, tabaco que não me foi oferecido, e mais uma vez me feriram, com palavras ríspidas. Mas pareciam estar se cansando, me machucaram menos que na vez anterior, disseram que eu estava errado etc. mas acrescentaram que estava me tornando, em virtude de suas gentis atenções e do ocaso do presente século e dos benefícios morais das viagens terrestres, menos errado do que antes. Estávamos indo ao encontro do Grande Pai Serpente, disseram, se eu acertasse a resposta da charada o Grande Pai Serpente me concederia uma dádiva mas era uma única dádiva por cliente e nunca que eu acertaria a resposta da charada então melhor seria eu nem começar, segundo eles, a nutrir grandes esperanças. Repassei mentalmente todas as charadas que conhecia, tentando unir a resposta certa com a charada correspondente, enquanto eu desordenava meus sentidos dessa maneira voltamos a avançar pela água imunda, ao longe ouvi um rugido.

Estou fatigado, disse o Pai Morto.

Sê firme, disse Thomas, já vai terminar.

O rugido eles me informaram ser a voz do Grande Pai Serpente exigindo os prepúcios dos não iniciados mas eu estava a salvo, meu prepúcio tinha sido entregue havia muitos anos para um cirurgião, em um hospital. Quando nos aproximamos abrindo caminho pelo emaranhado de trepadeiras avistei os contornos de uma serpente de imensa grandeza trazendo na boca uma lâmina metálica com uma inscrição na superfície, os rugidos faziam a lâmina tremer e eu não consegui decifrar o que estava escrito. Meus guardiões puxaram a piroga até a porção de terra onde o monstro descansava e dele se aproximaram com a maior deferência, como não poderia ser diferente, e gritaram em seu ouvido que eu tinha vindo para passar pelo teste da charada e conquistar uma dádiva e que se ele estivesse disposto eles o vestiriam com os paramentos adequados. O Grande Pai Serpente meneou a cabeça com a maior delicadeza e abrindo a boca deixou cair a lâmina metálica cujo reverso fora polido até ficar brilhante como um espelho. Minha escolta dispôs a face espelhada de modo que a criatura pudesse fitar a si mesma com carinho durante todo o procedimento, eu me perguntando o tempo todo se haveria como me arrastar até ali e ler o que estava escrito do outro lado. Primeiro envolveram o Grande Pai Serpente com roupas de baixo de tafetá suntuoso e murmurante, cambiante e corado, retiradas de um guarda-roupa de mogno com dimensões portentosas localizado às costas dele, dando duro por meia hora até cobrir por inteiro sua imensa extensão.

Gosto dele, disse o Pai Morto, visto que ambos somos muito, muito compridos.

Guarde sua opinião para depois, disse Thomas, ainda não chegamos ao final.

Em seguida, disse Thomas, o vestiram com uma espécie de saia escarlate almofadada e plissada e pregueada de modo a exibir o forro interno de um escarlate mais pálido, a junção do par de escarlates proporcionando um espetáculo incrível ao menor movimento ou ondulação. O Grande Pai Serpente não olhava nem para a direita nem para a esquerda mas diretamente para a frente, mirando seu reflexo amarelecido sobre a lâmina de metal. Em seguida cobriram sua porção superior ou mais próxima da cabeça com uma jaqueta leve de seda branca bordada com um fio cor de noz-moscada e um fio cor de titica de ganso, ambos entrelaçados, com acabamento em delicada renda franzida. Em seguida o vestiram com uma espécie de gibão com brocado prata entrecortado de escarlate e entrecortado mais uma vez de dourado, mangas para a ausência de braços realçadas com pérolas minúsculas e irregulares, gibão que contava com quatro dúzias e meia de botões, consistindo os botões em uma dúzia de botões marfim, uma dúzia de botões de seda, uma dúzia de botões de seda e pelo, uma dúzia de botões com fio de ouro e prata e seis diamantes incrustados em ouro. Depois o vestiram com uma grande capa com interior de veludo grosseiro cor de pera e exterior bordado atrás no alto e na barra com contas cilíndricas e inúmeras pérolas e duas dúzias de botões, tudo somado eles levaram quase duas horas abotoando, enquanto abotoavam me aproximei do reverso da lâmina, mais alta do que eu e apoiada em uma árvore, fui me aproximando com tanto cuidado que meus movimentos eram imperceptíveis a olho nu. Em seguida colocaram na porção média do corpo do Grande Pai Serpente um cinto castanho-avermelhado com pérolas e lantejoulas, sustentando o gancho em que se prendia a bainha (couro marrom trabalhado com galões de fio de prata e seda colorida) abrigando os dois metros de extensão da língua bifurcada e brilhante. Enquanto colocavam na cabeça oblonga o chapéu tricorne com volumosa ourivesaria e uma longa pena negra, deslizei para baixo da lâmina e logo saí, sem acreditar na inscrição que havia lido. O Grande Pai Serpente meneou a cabeça para seu reflexo uma única vez, tirou a língua da bainha com um movimento ágil e se declarou pronto para me aplicar a charada.

Aqui está a charada proposta pelo Grande Pai Serpente com um grande floreio de sua língua bifurcada, e é uma charada muito da escrota, vou te contar, o mais arcano dos arcanos, você jamais adivinharia qual era nem ao longo de cem mil anos humanos alguns dos quais devo dizer que você já desperdiçou vivendo e respirando inutilmente mas arrisque um palpite, arrisque um palpite, arrisque: *O que você realmente gostaria de estar fazendo?* Assassinandando, eu respondi, porque era isso que eu tinha lido no verso da lâmina, o vocábulo *assassinandando* em uma caligrafia cursiva delgada e elegante. Mas ora vejam só, disse o Grande Pai Serpente, ele acertou, e os dois rufiões piscaram os olhos me encarando aturdidos e maravilhados e eu mesmo fiquei aturdido e admirado, mas o que me aturdia e me maravilhava era a relação muitíssimo próxima entre a minha resposta e o que eu de fato gostaria de estar fazendo, as vontades perdidas que eu jamais havia encontrado. Suponho, disse o Pai Serpente, que a dádiva que você deseja ver concedida é a habilidade de levar a cabo tal ignomínia? Mas é claro, respondi, o que mais poderia ser? Dádiva concedida, ele disse, mas devo lembrá-lo de que muitas vezes deter esse poder é suficiente. Não é preciso realmente cometer o ato. Para o sossego da alma. Agradeci ao Grande Pai Serpente; ele fez uma reverência muito cordial; meus acompanhantes me devolveram à cidade. Eu estava à solta na cidade, assassinandando sem parar na minha cabeça – o sonho de um gago.

É uma história e tanto, disse o Pai Morto. Não acredito que isso tenha acontecido.

Nenhuma história aconteceu da maneira que é contada, disse Thomas, mas a moral está sempre correta.

Qual é a moral?

Assassinandando, disse Thomas.

Nunca é correto sair assassinandando por aí, disse o Pai Morto. O sacro e nobre Pai nunca deve serve mortorto. Nunca. De modo algum.

Não mencionei nomes, disse Thomas.

Estava encarando a fivela do cinto do Pai Morto.

Mas que fivela bonita, ele disse, eu nunca tinha percebido.

Era uma fivela de prata. Quadrada, 15 centímetros. Alguns rubis.

O Pai Morto contemplou a fivela.

Presente dos cidadãos, muitos Dias dos Pais atrás. Uma oferenda dentre muitas centenas, naquele Dia dos Pais.

Posso ver como fica?, Thomas perguntou.

Quer ver como meu cinto fica em você?

Sim, caso não se importe eu gostaria de ver como fica.

É claro que pode ver como fica, se quiser.

O Pai Morto desafivelou o cinto e o entregou a Thomas.

Thomas afivelou o cinto do Pai Morto.

Gostei, ele disse. É, fica bem em mim. Essa fivela. Pode ficar com o cinto, se quiser.

Minha fivela!, disse o Pai Morto.

Sei que você não se importa, disse Thomas. Sei que você tem outras tão suntuosas quanto esta.

Devolveu o cinto sem fivela para o Pai Morto.

Eu não me importo?

Você se importa?

Sim, Julie perguntou interessada, você se importa?

Sempre gostei muito dessa fivela.

Certamente você tem outras tão requintadas quanto essa.

Sim, tenho inúmeras fivelas de cinto.

Folgo em saber.

Mas não aqui. Não aqui comigo, disse o Pai Morto.

Pode ficar com a minha fivela antiga, disse Thomas. Vai servir.

Sim, disse Julie, vai servir.

É uma boa fivela, minha fivela antiga, disse Thomas.

Obrigado, disse o Pai Morto, aceitando a fivela.

Não é tão requintada quanto sua ex-fivela, é claro.

Não é, disse o Pai Morto. Estou vendo.

Por isso eu quis a sua, Thomas explicou.

Compreendo, disse o Pai Morto. Você quis a melhor fivela.

E agora eu tenho, disse Thomas.

Tamborilou com os dedos na fivela do cinto.

Ficou muito bem, eu diria.

Ficou, disse Julie.

Sim, Emma concordou.

Deixa você um pouco mais estiloso, disse Julie. Mais estiloso do que antes.

Obrigado, disse Thomas. E para o Pai Morto: e *obrigado*.

O prazer é meu, disse o Pai Morto. Gosto de ter a chance de fazer algo pelos jovens de vez em quando. Gosto de ser capaz de *dar*. Dar, em certo sentido, é...

Não, disse Thomas, vamos ser claros. Você não deu nada. Eu tomei. É diferente. Eu tomei de você. Sejamos diretos. É uma questão trivial, mas não quero mal-entendidos. *Eu* tomei. De *você*.

Oh, disse o Pai Morto.

Ele refletiu por um momento.

Ganho algum prêmio de consolação?

Sim, disse Thomas. Pode fazer um discurso.

Não, disse Julie. Sem discurso.

Discursar para os homens?, perguntou o Pai Morto. Para o agrupamento leal, fiel...

Não, disse Julie.

Sim, disse Thomas. Amanhã.

Amanhã?

Talvez amanhã, disse Thomas.

Meu discurso!

Para a cama, disse Thomas. Agora todos para a cama. Bons sonhos.

Thomas contemplou sua malha laranja, suas botas laranja, sua nova fivela de prata.

Sim!, ele disse.

7

Deixa ele fazer o discurso, disse Julie.

Ontem você disse não.

Ontem eu estava de mau humor. Estou de bom humor hoje.

Que interessante, disse Thomas. Como você faz isso?

Eu ignoro dados sensoriais, ela disse. Deixa ele fazer o discurso.

Thomas se virou para o Pai Morto.

Gostaria de fazer o discurso agora?

Preparei alguns comentários, disse o Pai Morto. Comentários que porventura não sejam desprovidos de pertinência.

Thomas reuniu os homens e Emma.

Os homens se dispuseram em um semicírculo aberto. Os 19. Edmund com a mão no bolso de trás, onde ficava o cantil. Emma em uma das pontas do crescente, Julie na outra.

O Pai Morto deu um passo à frente e adotou sua posição de oratória, uma espécie de leve inclinação para adiante.

Todos os homens acenderam cigarros. Julie acendeu um cigarro e Emma também.

O Pai Morto uniu as pontas dos dedos das duas mãos.

E refletindo, ele disse, irrefletindo irrefletindo irrefletindo os seres humanos adicionais aparecidos, seres humanos adicionais aparecidos anualmente, cada qual produzindo na cabeça cem mil fios de cabelo individuais, alguns mantidos e outros descartados...

Todos os homens se sentaram e começaram a conversar entre si.

E contemplando, devo dizer, esses seres humanos adicionais aparecidos e não contemplados por medidas contingenciais de abra ou cadabra e por conseguinte problemáticos, devemos ter firmeza e lançar mão de uma série de comportamentos em constante avanço equilíbrio persistente ou padrão estacionário que se bastem para cada dia ou sirvam até a vez seguinte. Dada a existência da vez seguinte, medidas contingenciais medidas neuróticas para a integração entre a até-então-ameaçadora e não-escolhida-por-si experiência da vida e as doces, doces e variáveis tensões e fluxos para conduzir ao interior e interiorizar se chuva inundações incêndios terremotos tornados não ocorrem como previsto mas olhe pela janela e veja quão escuro o céu, quão arrojado o vento, quão inquietas as árvores, quão gravitacionais as telhas vermelhas caindo e rasgando a pele, não contempladas pela fúria das medidas contingenciais predestinadas à descontinuação da consciência conhecida como sono, oremos. Universo de coerência tensional, um dia está aqui e no outro se foi, finitude interior e finitude exterior e partículas em constante avanço equilíbrio persistente ou padrão estacionário e ondulante dualidade e progressiva conceitualização e a interação do Dia dos Pais com comportamentos holísticos imprevistos por partes como você, eu, eles, e nós, e eu, e ele, e ela, e aquilo. Estas, designadas por uma análise estática ou "em repouso" a superséries de frequências matemáticas imprevisíveis compostas por números complementares e recíprocos encontrados no agrupamento cíclico de experiências não necessariamente acomodadas por limitações geográficas variáveis de agrupamento, mas às vezes, como na canção no crepúsculo quando as luzes estão fracas e as sombras bruxuleantes vão e vêm suavemente, para desabrochar multidinamicamente ou espocar em beleza ou dor e decepções... pré- e pós-natais... na ocasião do equilíbrio experimental seguinte... acerca de qual seria... no melhor dos casos... todavia. Todavia. Dada a já secretada experiência genuína do esforço de criação de mundo abrangente e regenerativo-evolutivo contra fogo inundação pestilência perturbação atmosférica violenta e fornecendo 481 centímetros cúbicos de ar por minuto por pessoa livre de odores tóxicos ou desagradáveis e também de poeira ou má intenção, sentimos que os metais em linhas gerais e os sintéticos mais especificamente se interligarão de modo a aperfeiçoar continuamente redes extracorpóreas ao redor do mundo, redes no interior das quais somente o homem individual se apresenta como uma ilha inerente de descontinuidade física triste dizer, triste dizer, descontinuidade física e torpor, velocidades totais cujas práticas conhecidas se demonstraram impróprias para cálculo. Dado todavia o desespero generalizado em termos de medidas emergentes conforme sabido por vocês e por mim, e caprichos, e tendo em mente a amplificação simétrica como prévia e superior a tudo, e desconsiderando aqueles cujos amplos padrões de segurança são desafiados ou ameaçados por essas alternações de pulsação sistemática, projetamos sua existência aqui como possivelmente tolerável dentro das tolerâncias de 0,01, 0,02 e 0,03, haja vista o avanço do repreposicionamento pós-parto ruidoso e extragenético da engenharia social e espiono. Obrigado.

O Pai Morto ficou esperando os aplausos.

Uma tormenta de aplausos dos homens!

Obrigado, disse o Pai Morto, obrigado.

Aplausos prolongados e fervorosos. Assobios. Pés golpeando o solo. Lenços desfraldados no ar (as mulheres).

Obrigado. Obrigado.

Um discurso fabuloso, disse Thomas.

Um discurso maravilhoso, disse Julie, poderia autografar meu programa?

Obrigado, disse o Pai Morto, é claro que posso.

Deveras extraordinário, disse Emma, o que significou tudo isso?

Obrigado, disse o Pai Morto, significou que fiz um discurso.

Foi lindo, disse Thomas, você está livre para o almoço?

Obrigado, disse o Pai Morto, creio que sim.

Julie enxugava a fronte do Pai Morto com o lenço.

Fazia muito tempo que não ouvia algo parecido, ela disse, muito tempo mesmo, desde minha época de estudante na verdade.

Obrigado, disse o Pai Morto.

Os homens adoraram, disse Thomas.

Sim, disse o Pai Morto.

Juro que prendi a respiração, disse Emma, por assim dizer.

Obrigado, disse o Pai Morto, foi mesmo do caralho.

Agora chega!, disse Julie.

Por que, perguntou o Pai Morto, apenas eu dentre os membros deste grupo não tenho permissão para ser boca-suja?

Porque você é um velho decrépito, ela disse, e velhos decrépitos devem manter a boca muito limpa para não se tornarem ainda mais repulsivos.

O Pai Morto forçou o cabo no sentido oposto.

Vejam como a cabeça está ficando vermelha, comentou Emma.

O Pai Morto saiu a toda pela estrada, arrastando o cabo solto.

Ele vai fazer aquilo de novo, disse Thomas.

Eles o seguiram a passo rápido.

Encontraram o Pai Morto num bosque, promovendo uma matança. Primeiro matou uma lebre-americana partindo o animal em dois com um só golpe e depois matou uma équidna e depois matou dois mirmecóbios ferrugíneos e depois rodopiando a imensa lâmina sobre a cabeça matou um *wallaby* e um lêmure e um trio de uacaris e um macaco-aranha e uma lula. Depois, zanzando furioso para cima e para baixo pela trilha verdejante, eliminou um mico e um gibão e quatro vintenas de inocentes chinchilas que estavam paradas por ali assistindo ao grande massacre. Então descansou com a ponta da espada plantada na terra e as duas mãos pousadas sobre a guarda. Depois, como se estivesse tendo um acesso repentino, voltou ao trabalho sanguinolento matando um cão-da-pradaria e um castor e um geomiídeo e um dingo e um ratel e uma lontra e um gato doméstico e uma anta e um leitão. Depois sua raiva aumentou e ele requisitou uma lâmina de peso e extensão ainda maiores, que foi trazida por um escudeiro metaforicamente presente, e agarrando a espada com o par de mãos nobres e bem formadas elevou a arma sobre a cabeça e tudo que era vivo ao seu alcance tremeu e tudo que era morto ao seu alcance se lembrou como tinha chegado a essa situação e até mesmo as árvores do bosque pareceram se encolher e se afastar. Depois o Pai Morto matou um facócero e um cervo sarapintado e uma ovelha crédula e um jovem bode e um sagui e dois galgos e um cão de caça. Depois, usando o pé nobre e bem formado para chutar com violência as pilhas de cadáveres abatidos, despedaçados e gosmentos que inundavam a terra de sangue por todos os lados, abriu uma trilha até um grupo de pelicanos de olhos arregalados e em um piscar de olhos separou de seus corpos os pescoços brancos, delgados e macios. Depois matou um casuar e um flamingo e um mergulhão e uma garça e um alcaravão e um par de patos e um pavão esganiçado e um grou dançarino e uma abetarda e uma jaçanã e, enxugando o suor sagrado da fronte com uma manga forrada com arminho, matou um pombo-torcaz e uma cacatua e um aluco e uma coruja-das-neves e uma pega e três gralhas e um corvo e um gaio e uma rola. Depois exigiu vinho. Uma jarra de prata foi trazida e ele bebeu o conteúdo inteiro num só gole ao mesmo tempo em que ficou encarando com o canto do olho cor de rubi um pequeno iguana se desmanchando de pavor na raiz de uma árvore. Depois atirou a jarra de prata nos braços de um supositício escanção, encharcando a hipotética túnica branca do escanção com o vermelho do (possível) vinho e dividiu o iguana ao meio usando a ponta da espada com a mesma facilidade com que alguém versado nos mistérios limparia um peixe. Depois o Pai Morto voltou a obrar a espada com gosto, matando diversos pequenos animais de todo tipo, de modo que pilhas fumegantes se formavam à sua direita e à sua esquerda a cada passo arrebatado. Um sapo escapou.

Trabalho pesado, disse o Pai Morto, parecendo satisfeito. Vejam quantos!

Thomas recolhia as carcaças dos comestíveis.

Vejam quantos!, repetiu o Pai Morto.

Realmente formidável, disse Julie para agradá-lo. Não se via esgrima dessa qualidade desde os tempos de Frithjof,

Lancelote, Paracelso, Rogero, Artegol, Otuel, Ogier o Dinamarquês, Rinaldo, Oliver, Koll o Cativo, Haco I e o Cavaleiro Bayard.

Acho que não está nada mau, disse o Pai Morto, para um idoso.

Limpou a espada fumegante na grama verde.

O olhar de Emma (admiração).

Veja que comprida, disse o Pai Morto, e que célere.

Cortou algumas figuras no ar com ela: quinta, sexta, sétima.

E agora o almoço, disse Julie.

Ela retirou da mochila uma nova toalha de mesa e uma nova disposição de assentos:

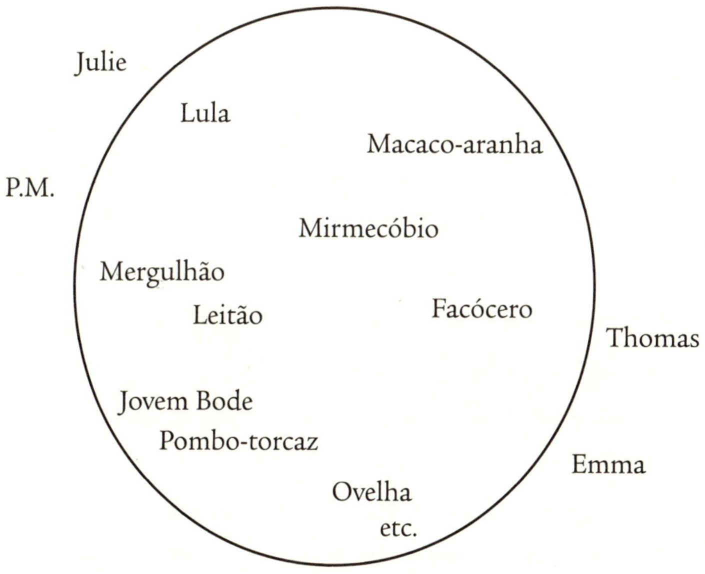

Fui promovido no esquema!, exclamou o Pai Morto.

Alegria temporária do Pai Morto.

E eu rebaixado, disse Thomas. Olhou feio para Julie.

Julie devolveu o olhar feio.

O Pai Morto agarrou o dedão exposto do pé de Julie.

Por favor, solte meu dedão.

O Pai Morto continuou segurando o dedão.

Dedão, ele disse, que palavra mais interessante. Dedão. Dedão. Dedão. Dedão. Dedão. Dedão. Dedão. Dedão. Dedão. Um dedão raiado. Linhas vermelhas no dedão. Dedão suculento. Dedão suculento, suculento. Suculento suculento suculento...

O Pai Morto colocou o dedão na boca.

Thomas deu um tapa na testa do Pai Morto, inclinando-se sobre a toalha.

O dedão caiu da boca. O Pai Morto colocou as mãos na testa.

Você deu um tapa no Pai, ele disse entre gemidos. De novo. Você *não deve* dar um tapa no Pai. Você *não tem que* dar um tapa no Pai. Você *não pode* dar um tapa no Pai. Golpear o Pai *sagrado* e *santo* é uma ofensa *de natureza gravíssima.* Golpear o nobre, sábio e dadivoso Pai Morto é...

Mais mergulhão?, perguntou Julie.

Tem mostarda?, Thomas perguntou.

No pote.

As tropas se alimentaram?, Julie perguntou.

Thomas fitou a estrada. Fogueiras visíveis.

Estão forrando a barriga, ele disse, porque sabem o que vem pela frente.

O que vem pela frente?, perguntou o Pai Morto.

Os vênedos, disse Thomas.

Os vênedos? Quem são?

São o que vem pela frente.

O que eles têm de especial?, o Pai Morto perguntou.

Não gostam de nós.

O Pai Morto levantou a mão e a girou lânguido, em uma demonstração de menosprezo e insignificância.

Não gostam de nós? Por quê?

Primeiro, porque somos forasteiros armados cruzando seus domínios. Segundo, porque *você* é, em um de seus aspectos, um objeto gigantesco, estranho e imponente.

Sou de fato imponente, disse o Pai Morto. Mais do que qualquer outro. Uma vida inteira de imponência. Já não governei os vênedos?

Governou, governou, disse Thomas, com mão de ferro.

E por que não os governo mais?

Porque você está se desvanecendo na noite estrelada, disse Julie, em companhia de todas as suas obras e pompas. Seu domínio sobre os vênedos foi abolido em 1936.

A coisa deve esquentar, disse Thomas. Vai ser arriscado.

Quantos eles são?

Quase um milhão, pelo último censo.

Quantos nós somos?

Vinte e três, disse Thomas. Contando Edmund.

Grunhido de Julie.

Thomas, disse o Pai Morto, vamos mudar de assunto. Podemos falar sobre algo interessante, girafas, por exemplo. Ou você pode se explicar. É sempre interessante ouvir alguém se explicando.

Vamos falar sobre girafas, disse Thomas, quando eu me explico tendo a gaguejar. Naturalmente não sei muita coisa sobre as girafas. Dizem que são muito inteligentes. Têm olhos bonitos. Têm cílios bonitos. Línguas de cinquenta centímetros. Pouca crina. A base do pescoço é impressionante. Voz baixa e adejante. São mais rápidas que um cavalo e podem cruzar distâncias mais longas a toda a velocidade. São capazes de derrotar um leão usando os cascos, a menos que o leão tenha sorte. Manadas de vinte a trinta indivíduos não são incomuns, cada uma contendo vários machos mas muito mais fêmeas.

Thomas fez uma pausa.

Somente os machos mais velhos são excluídos e vivem isolados, disse.

Fiquei ofendido, disse o Pai Morto. Mais uma vez.

Então não falaremos mais sobre girafas, disse Thomas, em vez disso vou me explicar. Oferecerei a versão breve, disse Thomas, os dados babababásicos. Nnnnnnnasci duas-vezes-vinte-menos-um anos atrás em uma grande cidade na verdade a mesma cidade de onde subtraímos você. Como nova criatura sobre a terra fui naturalmente enviado à escola onde me dei razoavelmente bem exceto quando me dei razoavelmente mal. Quando criança tive as doenças necessárias em sucessão uma catapora aqui um sarampo ali quebrava um osso de vez em quando e então só para me manter no mesmo ritmo dos outros deixava alguém de olho roxo e ganhava um olho roxo de vez em quando mas só para me manter no mesmo ritmo dos outros. Em seguida avancei até a educação superior como é conhecida e recebi instrução de uma equipe de especialistas de máscara e avental e luvas, todos de primeira linha. Foi decidido que eu seria instruído até a altura de dois metros e isso se deu ao longo de um pppppppríodo de. Depois veio minha convalescença a qual se passou do modo correto e adequado e natural e bom no serviço militar em locais distantes e climas estranhos, aprendendo por lá como bater continência e bater o pé ao mesmo tempo à maneira iiiiiinglesa, uma habilidade que desde então me foi infinitamente útil. E também um pouco de bajulação, uma habilidade que desde então me foi infinitamente útil. E também como fazer amizade com o sargento responsável pela cantina, uma habilidade que et cetera et cetera. E também como cavar uma latrina dentro da qual é possível passar muitas horas felizes e produtivas como passamos todos nós lendo o grande Robert Burton. Depois voltei à arena educacional e estudei uma das semiciências, sociologia para ser mais exato, mas aprendi bem rápido que não tinha talento algum para ela. Ddddddde-pois, desejando inteiramente de corpo e alma ser fiel às aspirações e maquinações prévias da minha geração, a turma de '34, para ser mais exato, eu me casei. Ah, e como me casei. Eu me casei e me casei e me casei passando da comédia à farsa ao burlesco com o coração despreocupado. Ó deleite ó glória ó deleite ó glória. Quando a glória se desfez e a fumaça se dissipou descobri que tinha me tornado pai, mas apenas uma vez, veja bem veja bem. Depois veio um período que só consigo descrever como lacuna. Durante esse período passei a maior parte do tempo assistindo a aeronaves monomotoras praticarem estol e torcendo para que o motor falhasse para que eu pudesse contemplar a queda. Nenhum jamais falhou. Depois disso me preparei para reentrar na tenência da vida comercial. Soberbamente aparelhado para nada em especial, acabei me encaixando na vaga de "legislador navajo", mas isso não deu certo porque para começo de conversa eu não sou navajo e além disso como vocês sabem não existem navajos em nosso país. Uma pena. Eu era bem bom na cantoria. Em seguida passei um tempo me dedicando à pesca ilegal. Pescava trutas em incubadoras governamentais, basicamente, um trabalho lamentável e desprezível que nnnnnnnada fez para elevar a baixa estima que o organismo nutria por si mesmo. Voltei ao ponto de partida, em termos de baixa estima. Depois passei alguns muitos anos num mosteiro, mas acabei expulso por consumir demais do produto, um conhaque muito refinado. Então comecei a ler filosofia.

E o que a filosofia lhe ensinou?, perguntou o Pai Morto.

Ensinou que não tenho talento para a filosofia, disse Thomas, mmmmmmmas...

Mas o quê?

Mas acho que todo mundo deveria ler um pouco de filosofia, disse Thomas. Ajuda, um pouco. Ajuda. Faz bem. Quase chega aos pés da música.

8

Um encontro. Os homens, descontentes. Amontoados em volta de Thomas. Sua malha laranja, suas botas laranja, seu cinto com fivela de prata e rubis, sua camisa Sabatini branca. Seus óculos límpidos com aros de ouro legítimo. Reclamações dos homens: (1) Qualidade do *pemmican* (2) Liderança melhor alimentada, em geral, que o restante da tropa (3) Cabo machucando os ombros e nenhum sinal das prometidas luvas de lona pesada (4) Edmund (5) A ração de rum poderia ser dobrada sem prejudicar a alta estima em que o restante da tropa tem a liderança (6) Qual o plano para lidar com vênedos possivelmente hostis? (7) Atenção feminina monopolizada pela liderança (8) Edmund (9) Será que as mulheres não podiam conversar com eles de vez em quando? (10) O Pai Morto às vezes era peso morto, às vezes peso vivo, variações que tornavam a execução da tarefa mais complicada que o estritamente necessário, segundo as cláusulas contratuais D, E e F (11) Interrupção do filme pornográfico e o que acontece depois? (12) E essa proibição totalmente arbitrária e inadequada de confraternizações com nativos dos territórios atravessados pela marcha? (13)

Inexistência de capelão (14) Feliz aniversário. É meu aniversário?, indaga Thomas atônito. Sim, respondem os homens, hoje é o dia, cadê a festa? Thomas contando nos dedos. Os homens observam. É mesmo meu aniversário, ele diz enfim, que diabos, vocês estão cobertos de razão. Urros generalizados, tapas sem fim nas costas de Thomas, Edmund tira o cantil do bolso, entorna. O Pai Morto sentado na estrada com o olhar perdido na direção dos campos de alho. Thomas remove o cantil da boca de Edmund. Julie ensaia na gaita a canção "*Oh, give me a home where the buffalo roam*". Emma fitando com ar curioso o imenso ombro do Pai Morto. Thomas começa a responder as reclamações uma por uma. O *pemmican* faz bem à saúde, ele diz. Etc. Julie abandona a gaita de boca e fica ao lado de Emma.

Assim é de encher os pacovás.

Assim é bem duro de engolir.

Tentei avisar mas você não deu atenção.

Acho que meu nariz está sangrando.

Há modos de lidar com eles quando não querem você.

Uma amizade difícil, na melhor das hipóteses.

As pessoas estão assustadas.

Discordam de mim a todo momento, mas não são desleais.

Disse que há várias maneiras de resolver mas achei que podia abafar.

Acordar em uma noite escura com um polegar enfiado no olho.

Puxado desse jeito pelo meio das cercas vivas.
O clima frio chegando e depois o quente.
Como ainda não deu retorno acerca da minha sugestão.
Questão de reduzir até o mínimo suportável.
Jogar um pouco de merda no ventilador.
É sempre mais escuro logo antes da aurora.
Entenda como quiser.
Parar de mesquinharia, parar de se esfaquear pelas costas.
Se eu tomar um você toma também?
Digo, quando você está mal sente gratidão pela vida.
Qual é a motivação?
Não lembro.
Outras vezes inconsciente nas ruas.
Como você se sentiu?
Breves períodos de raiva intolerável.
O importante é sentir.
Pode perder a confiança nas próprias experiências.
Diversas circunstâncias que exigem minha atenção.
Algo estremecendo o equilíbrio.
Onde um corpo pode apanhar por aqui?
Tudo foi analisado com calma.
Já provou dos outros?
Vejo apenas se são amistosos ou não.

Uma semana depois ela se inscreveu para uma vaga em Varsóvia.

De ama de leite.

Sim, de ama de leite. Foi aprovada.

Gostam de mamar.

Gostam mesmo de mamar.

Abusou da hospitalidade.

Gostando cada vez mais de você e das suas mãos.

Assunto meu.

Até que é bonitinho.

Não tem mistério.

Como ninguém teve vergonha na cara?

É perfeitamente óbvio.

Devíamos ter conversado antes disso.

É um jeito de ver as coisas.

Incapaz de levá-lo a sério em qualquer condição.

Onde um corpo pode conseguir um *spritz* por aqui?

Assunto meu.

Se eu puxar essa cordinha branca você explode?

Assunto meu.

Então ele soluça e desmaia.

Dói?

Posso dificultar as coisas para você.

Aprendendo a montar o mundo.

O vaso branco com os malmequeres tinha caído no chão.

A banheira se mostrou impossível de quebrar, e olha que eu tentei.

Deus sabe que você tentou.

Deus sabe que eu tentei.

Cabelos negros sobre o travesseiro.

Posso fazer qualquer coisa desde que não seja importante.

Muito ocupado com a organização.

Vai doer?

Então um pedaço enorme de gesso branco caiu da parede.

O que estávamos comendo?

Rolinhos frios de vitela.

Foi agradável?

Muito gostoso.

Vai chover de novo mais uma vez?

Tem algo errado.

Você deve ter estudado nosso idioma.

O garçom estava ouvindo.

Como tentar digerir uma sela.

Acordar em uma noite escura com um beijo tascado no olho.

Isso foi em Barcelona. Detido como elemento adverso ao trabalho.

Tanto barulho por nada.

Disposto mais uma vez a enviar o Filho para morrer por nós.

Como contratar um substituto e mandar para a guerra.

Ensaiei o debate com ele.

Até soar o sino sinistro.

Hein?

Até soar o sino sinistro.

Hein?

Uma aridez espiritual difícil de conciliar com a alegria da superfície.

Uma relação simbiótica lembrando o que ocorre entre pombos e velhas com migalhas de pão.

Sentiu nojo da cena?

Nojo não está no meu vocabulário.

Acho que ouvi um cão latindo.

Rolos de filme 16mm, cada caixa identificada por uma fotografia sugerindo o tema ou gênero particular.

Até soar o sino sinistro.

Hein?

Lembrando, abandonando, voltando, ficando.

Dois é demais.

Dormi com um homem certa vez foi uma experiência muito agradável.

Onde vagueiam os búfalos.

Em uma cama.

Hora de ir.

Não é não.

Com cabelo.

Não tinha não.

Já provou dos outros?

Ainda não me decidi.

Dia de malhar o cão. Dezoito de outubro.

Tentei avisar mas você não me deu atenção.

Hein?

Sentimentos simples, honestos, generosos.

É um jeito de ver as coisas.

Amor-próprio.

Sim eu tive amor-próprio.

Sim eu tive amor-próprio também é uma coisa muito boa o amor-próprio.

Sim eu tive amor-próprio por muito tempo.

Sim eu tive por muito tempo também.

Sim eu posso pegar ou largar.

Sim depois que você tem por muito tempo não faz mais tanta diferença.

Está questionando meus valores?

Eu não.

Está questionando o que me orienta?

Eu não, estou pouco me lixando.

Um tempinho na floresta ou dançar a noite inteira.

Pode botar fé.

Talvez seja medicinal.

Às vezes o cheiro dele é medicinal.

Nunca matou ninguém.

Já ouvi isso.

Um modo elegante de dispor cadeiras aqui e ali.

Como qualquer dama.

Qualquer artista serve.

Mastigando balinhas vermelhas em formato de coração.

E a miríade de jardineiras salpicadas por inteiro... de arco-íris... meu bom Deus.

Eu li a respeito. No *Die Welt*.

9

Um drinque agora cairia bem, disse o Pai Morto. Qualquer coisinha.

Eu tomaria um drinque, disse Julie.

Lembra da última vez em que você bebeu?, Thomas perguntou.

Rapaz, ela disse. Sim. Claro que lembro.

Estou com a garganta seca, disse Emma.

Os homens parecem estar precisando de um drinque, disse o Pai Morto, protegendo os olhos do sol com uma das mãos e fitando a estrada.

Bem, então que se dane, é melhor tomarmos um drinque, disse Thomas.

Fez um sinal para que os homens parassem. O cabo caído na estrada.

Julie apareceu com o uísque.

E hoje o que vai ser?, perguntou o Pai Morto.

Aquavita seguida de cerveja, ela disse.

Uau, disse Emma, provando do copo. Uau uau uau uau.

Sim, disse Julie. Faz morto sair da tumba.

É bem bom, disse Thomas, a cerveja ajuda.

Gostei desse drinque, disse Emma, que coisa boa, posso tomar mais dois?

Mais um, disse Thomas, hoje ainda temos muitas léguas pela frente.

Deixa de ser careta. Que coisa impressionante. Logo você.

O que está querendo dizer com isso?, Thomas perguntou. Como assim, logo eu?

Por que você vive mandando nos outros?

Eu *gosto* de mandar nos outros, disse Thomas. Ser chefe é um grande prazer. Imenso. Não concorda?, perguntou ao Pai Morto.

É um dos maiores prazeres, disse o Pai Morto. Sem a menor dúvida. É formidável, mas via de regra evitamos que as pessoas saibam disso. Via de regra minimizamos o prazer. Via de regra enfatizamos a angústia. Guardamos o prazer dentro de nós, em segredo. De vez em quando podemos até mostrar um pouco para alguém - erguer uma ponta do véu, digamos assim. Mas só fazemos isso em busca de uma confirmação íntima do prazer. Quase não existem registros de transparência absoluta. Essa franqueza de Thomas chega a ser criminosa, na minha opinião.

Emma entornou um gole de cerveja e logo depois um gole de aquavita.

Certo, Paizão, ela disse, me ensina a dançar.

Hein?, disse o Pai Morto.

Emma com calça de veludo azul e lustro prateado no traseiro.

Conhece o *Hucklebuck*?

Não.

Emma começa a demonstrar. Partes de Emma se sacudindo em várias direções.

Fenomenal, disse o Pai Morto. Agora me lembro.

Julie e Thomas assistindo.

Fica evidente que se não fosse por um capricho do destino eu seria dele e não sua, disse Julie. Se eu tivesse vivido no território dele na época em que exercitava a mão de ferro administrativa...

Ele era um sátiro, disse Thomas, isso todo mundo sabe.

Ainda tem algo de fauno. Bolina sempre que tem chance.

Percebi.

Prefere a bunda, ela disse, e agarra mesmo com gosto.

Notei.

E em termos de atenções verbais em vez de físicas, propôs em diferentes ocasiões engaiolar a passarinha, repartir a peruca, molhar o pincel e dar um tapa na peteca.

E como você respondeu?

Com doçura excruciante, como sempre. Ainda assim, ele tem seu charme.

Ah sim, disse Thomas, ele tem seu charme. Nem em sonho eu negaria.

Autoridade. Frágil, mas ainda assim presente. É como uma bolha que você não quer estourar.

Mas não se esqueça de que houve um tempo em que ele decepava orelhas usando um formão. Lâmina de cinco centímetros. E não se esqueça de que houve um tempo em que a voz dele, a voz normal, sem amplificação alguma, podia virar cabeças do avesso.

Conversa fiada, ela disse, você está perpetuando mitos.

Mas de jeito e maneira, disse Thomas. Isso acontecia.

Você não me parece ferido nem avariado em demasia.

Tem horas que você não é muito esperta, disse Thomas.

Horas que eu não sou muito o quê?

Esperta, disse Thomas, tem horas que você não é muito esperta.

Ah, vai se foder, ela disse.

Ah, vai *você*, disse Thomas, tem horas que eu esqueço e falo a verdade.

Que piegas, ela disse. Autopiedade é uma coisa monstruosamente repulsiva.

Oh bem que diabos bem sim. Sinto muito. Mas estou tomando alguma iniciativa, não é? Poderia muito bem ter ficado sentado em casa, usando o chapéu com guizos e comprando bilhetes de loteria à espera do capricho do destino que mudaria minha vida.

Eu, ela disse. Eu, eu.

Tem isso.

Você e eu, ela disse, enfiando a mão na mochila em busca de haxixe. Quer mascar?

Agora não, obrigado.

Você e eu, ela disse, nós dois.

Thomas começou a contar nos dedos.

Sim, ele disse.

E Emma, ela disse. Vi você olhando para ela.

Eu olho para tudo, disse Thomas. Tudo o que está na minha frente. Emma está na minha frente. Logo eu olho para Emma.

E ela para você, disse Julie, eu vi alguns olhares.

Até que é bonitinha, disse Thomas.

Mas nós, você e eu, gostamos um do outro, disse Julie. É um fato.

Um fato temporário, disse Thomas.

Temporário!

Expectoração de sumo de haxixe (enfática).

Céus, só estou falando a verdade, disse Thomas.

Víbora, ela disse.

Que eu saiba não existe alma melhor, ele disse, e o corpo também é atraente.

Calculista, você. Um homem calculista.

Julie enfiando mais haxixe na boca.

Você se esquece do passar do tempo, disse Thomas. Eu nunca me esqueço dele.

Não gosto dele.

Quem gosta?

Excluo da mente tudo o que lhe pode ser nocivo. Você se deleita com a mesma coisa.

Não me deleito.

Nós dois, ela disse, que inferno, você não consegue entender uma coisa tão simples? Um casal contra o banal.

Temporariamente, disse Thomas.

Ah, você é uma víbora.

Um estudante do passar do tempo, nada mais.

Julie começou a desabotoar a blusa.

Sim, é uma possibilidade, disse Thomas. Quinze minutos ou, no melhor dos casos, 35.

Venha comigo para trás de uma moita.

Nem precisa pedir, disse Thomas, mas não posso abandonar o que eu sei. Não é todo dia que se encontra um absoluto.

Você não passa de um tolo aprendiz, ela disse, nem chega a ser um tolo completo, mas ainda assim vou lhe dar um gostinho, porque gosto de você. Que sortudo.

Thomas falou um longo parágrafo confirmando que isso era verdade.

Julie puxando a manga de Thomas.

Thomas e Julie por baixo da moita. Thomas segurando os pés de Julie.

Lavar os pés, ele disse.

Sim agora que você comentou, ela disse.

Eu lavo se você quiser.

Não precisa. Sei o que fazer.

Toalhinha, ele disse. Aquela azul, quadradinha.

Certo.

Áspera.

Sei qual é.

Quase sempre úmida.

Eu me lembro.

Acho que eu podia só meter os dois em sacos, uns sacos de lona grossa com trancas, como aqueles dos Correios.

Ah que maçada.

A parte de trás dos joelhos, por outro lado, está sem dúvida fulgurante.

Bem bonitinho, não?

Nove rugas e uma sarda, tudo imaculado. Não falta nada. O suprassumo.

Será que Emma seria tão boa?

Não sei, disse Thomas. Terei de pensar.

Julie encostou o polegar no indicador, formando um círculo, e desferiu-lhe um peteleco no saco.

Thomas em agonia.

Vai passar, ela disse, meu adorado, é apenas temporário.

10

Edmund falando com Emma. Emma radiante. Lavagem de meias no riachinho. Debate sobre cuidados com os pés (em geral). Thomas sentado no chão, costas apoiadas em uma árvore, fumando, contemplativo. Edmund dizendo a Emma que, no fim das contas, ela é a melhor. Emma radiante. Julie e o Pai Morto de mãos dadas. Thomas fumando. Os homens jogando uíste, malha, bocha. Elementos do terreno sendo cortados para alimentar as fogueiras. Todos os homens vestindo ternos azul-escuros com gravatas. Edmund vestindo terno azul-escuro com gravata. Thomas vestindo terno azul-escuro com gravata. O Pai Morto vestindo terno azul-escuro com gravata. Curvados sobre espetos girando com animaizinhos espetados. Edmund recebe no rosto uma pancadinha do leque de Emma. Deus do céu. Emma recebe no rosto uma pancadinha do polegar de Edmund. Deus do céu. Emma diz a Edmund que ele não entende. O polegar não serve para dar pancadinhas no rosto, ela diz. O polegar não é gracioso, mas bem rombudo e gorducho, ela diz. Se o rosto deve receber pancadinhas e não se pode contar com um leque, melhor usar o indicador. Edmund fode com tudo, ela diz.

Péssimo galanteador, ela diz. Em termos de galanteio, ele pode se considerar com status de nação menos favorecida. Edmund arrasado. Edmund se entrega ao cantil. Thomas vira a cabeça, percebe a aflição de Edmund. Thomas não faz nada. Julie olha para Thomas e o percebe não fazendo nada. Julie diz ao Pai Morto: Às vezes é melhor não fazer nada. O Pai Morto responde: Talvez quase sempre. Continuam de mãos dadas e o Pai Morto também apalpa um pé descalço com a mão que não está dada. Julie retrai o pé. Thomas fuma. Eventos celestes. Estrelas cadentes riscando a porção escura do céu. Nuvens avançando implacáveis (da esquerda para a direita) para fora de cena, na direção da coxia. Thomas fumando. O Pai Morto tentando inserir a mão (esquerda) entre Julie e o cós da saia de Julie. Repelido (cordialmente). Julie toma o berloque do relógio do Pai Morto e o coloca no bolso. O Pai Morto sorri. Um presente, ele diz, para você. Obrigada, diz Julie, obrigada obrigada. Agradeça a mim, diz o Pai Morto, estou acostumado. Agradeço a você, diz Julie, e as fivelas dos seus sapatos também são bonitas. São bonitas, diz o Pai Morto, por isso as coloquei ali, nos meus sapatos, porque são bonitas. Ambos contemplam as fivelas de prata dos sapatos do Pai Morto. Thomas fumando. Edmund quase engolindo o bocal do cantil. Emma entrevistando os homens. Quanto medem? 1,85, 1,80, 1,27 e assim por diante. Para meus arquivos, diz Emma. Thomas fumando, coça de leve a parte superior da maçã do rosto com os dedos livres da mão esquerda. Chega um alarme do posto avançado. Alexander corre até Thomas. Cochicha para Thomas. Thomas apaga o charuto, se levanta e procura pela espada. Encontra a dita, afivela o boldrié, enfia a malha laranja (com esmero) por dentro da bota laranja.

Os vênedos chegaram, ele disse.

Correram até o lugar.

A estrada bloqueada. O caminho barrado. Um exército mobilizado do outro lado e ao longo de todo o terreno elevado disponível.

Muito bem, disse o chefe vênedo, mas que bela visão.

Bom-dia, disse Thomas.

Julie acendeu um cigarro, bem como Emma.

Muito bem, disse mais uma vez o chefe vênedo, vocês têm intenção de seguir avançando por esta estrada?

Com a sua permissão.

Pretendem arrastar aquela coisa imensa e feia por todo o perímetro da terra dos vênedos?

Apenas pelo comprimento, disse Thomas. Não pelo perímetro inteiro.

Não queremos ele aqui, disse o chefe vênedo. Não, obrigado.

Não pretendíamos deixá-lo aqui, disse Thomas. Só estamos de passagem.

É o que imagino que seja?, perguntou o vênedo.

É o Pai Morto.

Foi o que imaginei. Foi o que imaginei. Uns três mil cúbitos, pelos meus cálculos.

Três mil e duzentos.

Como fazem nas curvas da estrada?
Ele é articulado.
Nada de *rigor mortis*?
Nadinha.
Então ele não está devidamente morto.
Apenas em certo sentido.
Ele se aproveita, não é?
Disso e de tudo.
Tem cheiro?
Apenas o cheiro da hipocrisia.
Excrementos?
Claro que monstruosos.
Molesta mulheres?
Não exatamente.
O que significa "não exatamente"?
Ele tenta, mas eu impeço.
Como isso é feito?
Um tapa no prosencéfalo.
Ele faz pronunciamentos e promulga editos?
Thomas não respondeu.
Bem, sim ou não?
Nada que não possa ser ignorado com entusiasmo.

O chefe vênedo se sentou no meio da estrada, de pernas cruzadas.

Descansem um pouco, ele disse.

Sentaram-se. Os 19. Emma. Julie. Thomas. O Pai Morto.

Em seguida o exército vênedo se sentou com um estrondo que parecia um deslizamento de terra.

Vou falar um pouco sobre os vênedos, disse o vênedo. Nós, vênedos, não somos como os outros povos. Nós, vênedos, somos nossos próprios pais.

Ah, são?

Sim, disse o vênedo, somos desde o princípio aquilo que todos os homens já desejaram ser.

Fantástico, disse Thomas, e como conseguem?

Conseguimos sendo vênedos, disse o líder. Vênedos não têm esposas, eles têm apenas mães. Cada vênedo emprenha a própria mãe e assim se torna pai de si mesmo. Todos somos casados com nossas mães, e tudo dentro da lei.

Thomas contava nos dedos.

Não está acreditando, disse o chefe. Isso porque você não é um vênedo.

Não compreendo a mecânica da coisa, disse Thomas.

Acredite em minha palavra, disse o vênedo, não é mais difícil que praticar o cristianismo. A questão é que não estamos acostumados com pais imensos e escandalosos prontos para implicar conosco e nos aborrecer. Não temos estômago para isso. Na verdade, temos um preconceito violento contra isso. Assim sendo, essa sua carcaça imensa não é algo que apreciaríamos ter em nossa terra, ainda que por pouco tempo. Vai que deixa um pouco de si por aqui.

Existe outra estrada?, Thomas perguntou.

Nenhuma, disse o vênedo, que os conduza ao destino que almejam. Imagino que busquem pelo Velo.

Correto, disse Thomas.

Não temos certeza de que ele existe, disse o vênedo.

Existe, disse Thomas. Em certo sentido.

Compreendo, disse o vênedo. Bem, *caso* exista, fica do outro lado da terra dos vênedos.

Um problema, disse Thomas.

Vocês poderiam abrir caminho à força, é claro, sugeriu o vênedo.

Thomas contemplou o exército vênedo, milhares de cabeças.

Esta é apenas a Terceira Blindada, disse o chefe, apontando para seus soldados cintados em cotas de malha. A Primeira Blindada está bem mais adiante ao leste. Os hoplitas da Nona estão postados a oeste. O impi da Vigésima-Sexta está cuidando de um bloqueio num local que não posso revelar. Essas são apenas as tropas de fronteira. Todas adorariam que vocês decidissem abrir caminho à força.

Nós somos 23, disse Thomas. Contando Edmund.

Que mães bonitas vocês têm, disse o chefe. Aquelas duas, a loira e a de cabelo escuro. Adoráveis.

Não são mães, disse Thomas.

Imagino que aprenderiam bem rápido, disse o vênedo, a maternidade vem ao natural para quase todas.

E se ele estivesse só um pouquinho mais morto?, Thomas perguntou, apontando para o Pai Morto. Nesse caso ele seria transportável pela terra dos vênedos?

Bem, é claro que se ele estivesse picadinho e cozido a situação seria bem diferente, disse o chefe. Nesse caso poderíamos ter certeza.

Não estou pronto para ir tão longe, disse Thomas.

Podemos ficar no meio do caminho, disse o vênedo. Fervam ele por um dia e concedo livre passagem.

Não existe panela grande o suficiente em canto algum desse mundo, disse Thomas. Se aceita uma sugestão: podemos decepar uma perna e fazer um churrasco em sinal sincero de boa fé e garantia de ausência de contaminação.

Uma perna?, perguntou o vênedo.

Refletiu por um instante.

Isso bastaria. Mas vocês serão observados de perto. Nada de safadeza.

Podem ficar tão perto quanto desejarem, disse Thomas, mas não me responsabilizo pelo fedor.

O chefe vênedo retornou aos soldados. Thomas a ordenar recolhimento de lenha para a grande fogueira.

O que é isso?, perguntou o Pai Morto. O que houve agora?

Uma ceninha, disse Thomas, o melhor papel é seu, deite, feche os olhos, uive na hora certa e depois fique duro como uma tábua.

Por quê?, perguntou o Pai Morto.

Sem porquês, disse Thomas, rápido, estique as pernas.

O Pai Morto se deitou na estrada, imenso da cabeça aos pés.

Emma, Julie, Edmund, Alexander e Sam ansiosos.

Os homens voltaram com enormes pilhas de lenha.

Thomas sacou a espada e se aproximou da perna esquerda, a perna mecânica, não humana. Começou a golpear.

11

A estrada. A caravana. Pessoas tirando fotos da caravana com pequenas câmeras montadas sobre varetas. Estouros de flashes.

Minha perna ficou preta, disse o Pai Morto.

Mas funciona, disse Thomas, alegre-se.

Você me trinchou bem direitinho, disse o Pai Morto. Admito.

Ah, rendeu uma bela fogueira, disse Thomas. Muito convincente.

A terra dos vênedos é acidentada demais, disse o Pai Morto. Ainda bem que saímos de lá.

Cheia de sobe e desce, Thomas concordou.

Falta algo a quem é pai de si mesmo, disse o Pai Morto. Um pai, para ser mais exato.

A paternidade enquanto subestrutura da guerra de todos contra todos, disse Thomas, podemos colocar isso em debate.

Posso dar meu testemunho, disse Julie.

Eu também, disse Emma, pois não sei nada a respeito e assim estou livre de pressupostos.

Um estado de graça filosófico, comentou o Pai Morto.

Julie começou.

O pai é um sujeito que fode a mãe, disse ela.

Por definição, disse Thomas.

A vagina, ela disse, não é o ponto principal.

Concordamos, disse Thomas. Já ouvimos isso.

Avançando rumo ao norte, se encontra um botãozinho.

Meneios de compreensão.

Mas também não adianta nada *apertar* o botão. Não é um botão de elevador, não é uma campainha. O botão não deve ser apertado. Ele deve ser...

Ela fez uma pausa em busca de uma palavra.

Celebrado, sugeriu Thomas.

Ataviado, sugeriu Emma.

Nada de apertar!, disse Julie com fúria.

Meneios de concordância.

O falo, ela prosseguiu, é praticamente inútil para esse propósito. Rolos de massa nunca devem ser empregados. Fluxos de sangue azul...

O que isso tem a ver com paternidade?, perguntou o Pai Morto.

Eu falo sobre o que eu quiser falar, disse Julie, isso é uma digressão.

De fato.

A mãe fodida concebe, disse Julie. O párvulo, após agonias que não descreverei, é parido. Então o diálogo tem início. O pai fala com a "a coisa". "A coisa" em um paroxismo de incompreensão. "A coisa" girando como se estivesse dentro de uma centrífuga. Em busca de algo em que se atar. Como um barco em uma tempestade. E o que está ali? O pai.

Onde está a mãe?, perguntou Emma.

A mãe não possui o mesmo caráter de mourão do pai. Ela é mais uma fuligem.

Uma fuligem?

Presença generalizada distribuída em pequenas e discretas partículas negras sobre todas as coisas, disse Julie.

Mourão e fuligem, disse o Pai Morto. Você tem uma visão lúgubre das coisas.

Onde foi que a aprendi? Para que minha mente tenha formulado tais formulações, não devem se basear na realidade externa? Não estou meramente...

Você vai chorar?, perguntou o Pai Morto.

Não, disse Julie, eu nunca choro. Exceto quando me dou conta do que fiz.

Quem fala pelo pai?, perguntou o Pai Morto. Quem em nome de Deus...

A unidade familiar produz zumbis, psicóticos e transviados, disse Thomas. Em número bem maior do que o necessário.

Dezoito por cento no último censo, Julie acrescentou.

Não estou dizendo que a culpa é sua, ele disse ao Pai Morto.

Edmund seria um exemplo, Emma sugeriu. Ainda que adorável.

Acho que não, disse Thomas, ele é apenas um alcoólatra.

O que ele está fazendo agora?

Thomas olhou para a estrada.

Mamando no cantil, ele disse. Já atirei três cantis no mato mas ele sempre arranja outro.

Promova uma revista minuciosa, sugeriu o Pai Morto. Fiquem ao lado dos beliches e abram as maletas.

Acho melhor não, disse Thomas.

Garotos de 50 anos, disse Julie. Temos aí outra coisa.

Está me culpando?, perguntou o Pai Morto.

Eles existem, disse Julie, risonhos com seus ternos executivos e suas calças curtas. E seus Keds.

Qual a causa?, perguntou o Pai Morto.

Ele quer mesmo ouvir a resposta?, Thomas perguntou. Não. Creio que não. Se eu fosse ele, não quereria ouvir a resposta.

São garotos porque não querem ser velhos decrépitos, disse Julie. O velho decrépito não é apreciado nesta sociedade.

Ou velhos cagalhões, disse Thomas, aí está outra coisa que eles não querem ser.

Não são termos muito lisonjeiros, disse o Pai Morto. Para um homem de certa idade.

Para eles abandonar o palco é anátema, disse Julie. Querem chafurdar em novas mulheres aos 90 anos.

E o que isso tem de errado?, perguntou o Pai Morto. Acho perfeitamente razoável.

As mulheres discordam, ela disse. Violentamente.

Emma espiava a estrada.

Edmund desabou de cara no leito da pista, ela disse.

Thomas foi depressa até o lugar onde os outros erguiam Edmund. Voltou segurando um cantil prateado.

O que tem aí dentro?, Julie perguntou.

Thomas emborcou o cantil.

Licor de anis, ele disse, ou alguma coisa doce.

E além do mais, disse Julie ao Pai Morto, é deselegante. Feio. Repulsivo seria uma boa descrição.

O Pai Morto se soltou do cabo e saiu correndo pela estrada.

Ele vai fazer aquilo de novo, disse Emma. Tingir o chão de vermelho com sangue.

Não, disse Thomas. Não vai.

Thomas alcançou o Pai Morto em dois saltos.

Sua espada, senhor.

Minha espada?

Entregue sua espada. Seu tento.

Vocês estavam sendo castigatórios, disse o Pai Morto. De novo.

Os homens olhando. Julie e Emma olhando.

A espada, disse Thomas.

Está pedindo que eu renuncie à minha espada?

Estou.

Mas então ficarei sem espada. Pense no que isso significa.

Pensei. Bastante.

Devo?

Deve.

O Pai Morto desembainhou a espada e fixou os olhos sobre ela.

Boa e velha Torrente-de-Aflição! Companheira de minhas horas mais eminentes!

Fixou os olhos sobre Thomas.

Thomas estendendo a mão.

Entregou a espada.

12

O Pai Morto na extremidade do cabo, avançando a duras penas. A longa túnica dourada. O cabelo grisalho na altura do ombro. A fronte ampla e nobre.

Terrivelmente calmo, disse Julie.

Plácido como um carteiro, Thomas concordou. Ele está tentando ser bom.

Mais difícil para ele que para ti ou para mim, ele não está acostumado.

Nunca fui bom até atingir a maioridade, disse Thomas. E mesmo então...

Eu nunca ocupei minha bela cabeça com isso, disse Julie. Às vezes fiz a coisa certa e às vezes fiz a coisa errada. Em casos difíceis, fechei os olhos e saltei. Um bocado de saltos.

E ainda assim nas instâncias conectadas a sentimentos...

Vou contra eles, ela disse. Meus sentimentos. Método de extrema confiabilidade, aprendido com as Carmelitas.

Eu sigo meus sentimentos, disse Thomas, quando consigo encontrá-los.

Ele tem andado bem quieto.

Não deu um pio nos últimos muitos quilômetros.

Será que ele se deu conta?

Seja otimista, disse Thomas, e acredite que não é o caso. Isso é essencial.

Uma careta de Julie.

A lenta mácula da terra. Quem disse isso? A salvo do contágio, se não me engano, da lenta mácula da terra.

Se algum dia eu soube, agora me escapa, disse Thomas.

Julie arrancou um naco de haxixe com os dentes.

E os homens, disse Thomas. Podem causar problemas.

Tolice. Os homens receberão uma recompensa adequada pelos raios vermelhos, azuis e prateados que introduzimos no *tusche* cinzento de suas vidas. Não se preocupe com os homens. São apenas homens, afinal de contas - um trator poderia ter feito o mesmo trabalho com competência.

A composição seria prejudicada, disse Thomas. Pense: lá na frente os 19, os Incorrigíveis Veteranos, puxando o cabo. A linha do cabo em si, tensa, angulada, correndo de lá até aqui. Por último, o objeto sendo arrastado: o Pai em toda sua majestade. Seu esplendor. Um trator teria sido *très insipide*.

Mastigação de haxixe (disfarçada).

Antes de atingir a maioridade, Thomas perguntou, o que você fazia?

Tramava, acima de tudo. Noite e dia maquinando tramas para alcançar objetivos. Acordei raivosa certa manhã e passei anos com raiva - foi isso a minha adolescência. Raiva e tramas. Como escapar. Como conseguir Lucius. Como conseguir Mark. Como me livrar de Fred. Como tomar o poder. Esse tipo de coisa. E uma porção de cuidados com o corpo. Era jovem. Era belo. Merecia cuidados.

É belo, disse Thomas. É belo, adorada.

Obrigada, ela disse. Houve muitos homens, não vou negar, eram como moscas no mel. Tentei amá-los. Uma dificuldade danada. Eu tinha um arpão na janela. Acompanhava um por um com a mira enquanto andavam pela rua com sua dignidade ridícula. Nunca atirei mas poderia ter feito isso, o arpão funcionava. Tê-los na mira era suficiente. Meu dedo no gatilho, sempre pronto a disparar mas nunca chegando a tanto. Tensão das mais refinadas.

Sempre achei que era um *objet d'art*, disse Thomas.

Julie sorriu.

Muitas vezes, quando eu era jovem, ano passado, saí e me aproximei da água. Ela dizia coisas ao meu respeito. Imagens me surgiam da água. Visões. Amplos gramados verdes. Uma mansão com pilastras, mas de tão vastos os gramados a casa mal se enxerga de onde estamos. Estou vestida com uma saia longa que vai até o chão, e tenho companhia. Sou espirituosa. Os outros riem. Sou também sábia. Os outros refletem. Gestos de graça infinita. Os outros apreciam. Para concluir, salvo uma vida. Pulo na água inteiramente vestida e agarro o afogado pelos cabelos, ou uso uma técnica de salva-vidas para levar o pobre-diabo até a margem. Com um único tapa na cara dou fim ao seu pânico descontrolado. Arrasto o afogado até o velho embarcadouro castigado pelo tempo e ali, ele de costas, eu sobre ele, consigo ressuscitá-lo. Para trás, digo à multidão, para trás. Os olhos da criatura atordoada se abrem - não, voltam a se fechar - não, voltam a se abrir. Alguém coloca um cobertor sobre meus ombros úmidos, reluzentes de tão brancos e incrivelmente belos. Saco minha gaita e ofereço dois refrãos rápidos de "Red Devil Rag". Aplausos de pé. O triunfo está completo.

Você se esqueceu de Albert Schweitzer, disse Thomas.

Difícil de encaixar na história, disse Julie, mas ele está ali.

Naquele momento o Pai Morto se aproximou de Thomas com uma caixinha na mão.

Um presente, ele disse, para você.

Obrigado, disse Thomas, o que é?

Abra, disse o Pai Morto. Abra a caixa.

Thomas abriu a caixa e se deparou com uma faca.

Obrigado, ele disse, para que serve?

Use-a, disse o Pai Morto. Corte alguma coisa. Decepe alguma coisa.

Falei cedo demais, disse Thomas, ele não foi apaziguado.

Nunca me apaziguarei, disse o Pai Morto, nunca. Quando sou ofendido, aplico um castigo. Sou bom em castigos. Tenho alguns sensacionais. Para quem ousar fazer gracinhas comigo. No primeiro dia, o gracioso é bem atado com cordas fortes e pendurado de ponta-cabeça de um mastro de bandeira a uma altura de vinte andares. No segundo dia, o gracioso é colocado de cabeça para cima e pendurado no mesmo mastro para esvaziar o sangue da cabeça e prepará-lo para o terceiro dia. No terceiro dia, o gracioso é desamarrado e atendido por um cirurgião-dentista registrado que extrai dentes alternados da fileira de cima e dentes alternados da fileira de baixo, extrações com desencontros estipulados por um diagrama. No quarto dia, o gracioso recebe coisas duras para comer. No quinto dia, o gracioso é consolado com vestimentas macias e delicadas e garrafões de vinho e as atenções de mulheres flexíveis de modo a tornar mais severo o choque do sexto dia. No sexto dia, o gracioso é confinado a sós em um quartinho com a música de Karlheinz Stockhausen. No sétimo dia, o gracioso recebe uma esfregadura de urtigas. No oitavo dia, o gracioso escorrega nu por uma lâmina de navalha com trezentos metros de comprimento ao som da música de Karlheinz Stockhausen. No nono dia, o gracioso é suturado por crianças. No décimo dia, o gracioso é confinado a sós em um quartinho com as obras de Teilhard de Chardin e a música de Karlheinz Stockhausen. No décimo primeiro dia, os pontos do gracioso são retirados por crianças com luvas de beisebol na mão direita e na mão esquerda. No décimo segundo dia...

Peço desculpas por ter dito que você estava perpetuando mitos, Julie disse a Thomas. Estou começando a compartilhar da sua opinião.

13

A montanha. A catedral. Os degraus de pedra. Música. Vistos do alto. As janelas, vãos. Fileiras de pessoas sentadas. Os altares, luzes, cânticos. Vãos ovais como assentos desembocando no vazio. A queda. As nuvens. Deslizando no assento. Thomas deslizando no assento. Em direção ao vazio. Firma o pé contra a beirada. Inclina-se para trás enganchando o ombro ao redor da abertura. Passeando nos jardins. Flores azuis com bordas brancas. O Pai Morto passeando. Julie passeando. Outros passeando. Edmund passeando. A música, um *kyrie*. A beirada. A queda. Degraus de pedra. Mandris encarando. Fotógrafos e cozinheiros. Thomas no assento inclinado. Deslizando em direção à beirada. Firma o pé contra a parede externa, que treme. Engancha o ombro ao redor da parede interna e agarra com a mão esquerda. Passeando. Julie falando com o Pai Morto. O Pai Morto sorrindo. Pessoas sentadas em bancos de pedra. Cântico de procissão. Sob um toldo. Turíbulos dourados oscilando esquerda direita esquerda direita. Velho alto com mitra dourada. Acólitos. Anéis com ametistas. A beirada. Olhando para além da beirada. Paredes íngremes. Nuvens. Thomas deslizando no assento. Firma o pé direito contra a parede externa. Cobertor ou colcha deslizando em direção à beirada. Ombro enganchado ao redor da parede interna. A parede tremendo. A alcova em forma de ovo. Colcha deslizando em direção à beirada. Cânticos. A montanha. Um lance de degraus de pedra. A catedral. Portas de bronze decoradas com intrincadas cenas. Fileira de granadeiros com barretinas. Ajoelhando. Interior do ovo. Tijolos pintados, brancos, curvos. Tapete ou colcha azul e vermelha deslizando em direção à beirada. Nas paredes da catedral. Janelas para além da beirada. *Dies irae, dies illa.* O Pai Morto sentado nos jardins da catedral. Julie sentada aos seus pés. A cabeça do Pai Morto apoiada na parede às suas costas. Julie desenhando. Edmund em pé perto da beirada. Edmund comendo. Pessoas em pares subindo os degraus de pedra. Parando perto da beirada. Portas de bronze se abrindo. Fileiras de confessionários. Granadeiros. Acólitos dois a dois sob um toldo vermelho. Seminaristas depois, cruzando as portas. Tijolos curvos pintados de branco mas uma pedra está solta, várias. Pressão contra a beirada direita, que treme. Agarrando o interior da beirada. Tentando firmar o ombro contra a parede dos fundos mas o tapete desliza em direção à beirada. Experiência erótica e religiosa. Thomas passeando nos jardins. A cabeça do Pai Morto apoiada contra as paredes da catedral às suas costas. Julie desenhando. Deslizando. Desenhando. Deslizando.

Aqui se pode cair, disse Julie.

Estou sentindo, disse Thomas.

É bem possível cair, ela disse, estou sentindo a queda.

Está com medo, adorada?, Thomas perguntou.

Fincou a espada no solo e a envolveu nos braços.

Braços me envolvendo, ela disse, é disso que eu gosto.

Conte sempre com meus braços para envolvê-la, sempre e em qualquer lugar, disse Thomas.

Suba um pouco até ficar logo abaixo dos meus seios para que sua parte inferior repouse no topo dos braços, disse Julie.

Não na minha frente, disse o Pai Morto.

No topo dos braços morenos, disse Julie.

O branco da parte inferior dos seios, disse Thomas.

Desvencilharam-se.

Aquele cavaleiro ainda está nos seguindo?, Emma perguntou.

Ainda está, disse Thomas. Ainda.

Julie se aproximou de Emma.

Então confiscaram sua cama.

Sim.

Um pouco de selvageria não cairia mal.

Vão deixar que ele veja?

Difícil saber. Ritmo dominante de nossa vida nacional.

Somos lançados em impasses.

Um pouco de triciclo à noite, agora.

Dedicou seu tempo a regar traseiros femininos.

A juventude toma a dianteira, a juventude tem seu momento de glória.

Como a fotografia de uma fotografia.

Talvez tivesse sido melhor termos conversado antes disso.

Dia cinza, dia cinza.

Eu estava doente, uma série sem fim de sonhos desagradáveis.

Ficaria grata se reservasse algum tempo para me visitar.

Agora a terrível tentação que me assaltava seria compreendida.

Onde vagueiam os búfalos.

Tinha esfregado óleo no corpo inteiro e carregava um cantil grande cheio de uísque.

Precisa ser um pouco mais dura.

Acho que ouvi um cão latindo.

Em lugares ermos distantes do coração.

Pelinhos prateados que imaginei só meus.

Como qualquer dama.

Conte como Lênin apareceu para ela em sonho.

Opinião sua.

Duas dúzias de rosas brancas acompanhadas por este cartão.

Li a respeito no *Corriere della Sera*.

Faz tanto tempo, tanto tempo.

Livre para sair a qualquer momento.

Onde um corpo pode conseguir um *baiser* por aqui?

Presenciando, partindo, chegando, ignorando.

Na esperança de que esta a encontre em boa hora.
Escamas de peixe, refugo de papel.
Movendo aos poucos morrendo aos poucos.
Nem triste ou sério.
Foi um negócio fora do comum.
Hein?
Foi um negócio fora do comum.
Antigo provérbio dinamarquês.
Hein?
Repetição é realidade.
Li a respeito. No *Politikken*.

O cuidado que um espectador é obrigado a tomar em um encontro acessível supera o desinteresse civil pela questão de como e quando ele pode se apresentar à participação oficial.

Li a respeito. Em um livro.
Sim. De Erving.
Sim. Talho seu nariz por você.
Suas muitas gentilezas e especial obséquio.
Come os filhos dizem.
É um jeito de ver as coisas.
Acho que ouvi um porco latindo.
Jubiloso e sem júbilo.
A imprensa burguesa contou histórias.
Rostos?
Sim rostos.
Hein?

Rostos.

Algo sobre rostos.

Sempre muito interessado em rostos.

Isso não me atrai.

Para todo o sempre pelos séculos e séculos.

Também pode ser um completo idiota.

Isso não me atrai.

Culpa não é sua tive criação religiosa.

Hein?

Tive criação religiosa.

Hein?

Faz tanto, tanto tempo.

Participar, partir.

É um bêbado. Qual? Todos. Deve ter um motivo.

Já provou dos outros?

Seguir uma trilha à noite.

Hein?

Guiar-se pelas estrelas.

Extremo interesse nessa posição.

Fazer a orelha dele brilhar.

Encher o cérebro dele de travessuras.

Os encantos dela tornaram possível um discernimento preciso.

Folgo em saber.

Esse idiota levou uma vida toda bagunçada.

É uma pena.

Coberto de manteiga.

Manteiga de chocolate?

Sim manteiga de chocolate.

É a ânsia de confessar.

Já ouvi falar.

É o pôr do sol do outro lado da baía.

São aparas de lápis ao vento.

Tentei pegar o jeito.

Um direto na matraca.

Sei me cuidar.

Não sabe não.

Amanhã sempre vai ter outra chance.

Não vai não.

Quer melhorar mas parece estar piorando.

Opinião sua.

Constante memória em construção.

É um jeito de ver as coisas.

O negócio inteiro se apoia.

Já ouvi falar.

De modo a não ter que defecar enquanto está acessível aos outros para conversar.

Eu entendo.

Agora vamos recapitular brevemente os tipos de.

Esperando o dia todo.

Ela era vulgar.

Era?

Muito vulgar.

É?

Sim muito vulgar. Vulgar até dizer chega.
Sério?
Uma das mais vulgares. Sistematicamente vulgar.
Que surpresa. Não sabia.
A mais vulgar. Vulgaridade por todo lado.
Feliz por ter podido passar esse tempo com você.
Vulgar pra caralho, você não faz ideia.
São velas rubras ao pôr do sol.
São luas sobre Miami.
Não era minha intenção mesmo.
Foi um erro agora eu vejo um erro.
Teve criação religiosa?
Não.
Não teve criação religiosa?
Sim quer dizer eu tive mas caí fora.
Vulgaridade por todo lado.
A piscadela é um recurso clássico para estabelecer.
É verdade.
Agradeci à negrona e me retirei.
Aguentando firme.
Isso mesmo. Aguentando firme.
Anos não desprovidos de tensões medonhas.
Eu lembro.
Selvagem e livre e.
Rezar a São Judas. E Ganesha.
Não era mesmo minha intenção.
Teve criação religiosa?

Tive criação em parte religiosa e em parte não religiosa.

Qual era a sensação?

Sórdida.

Era uma sensação sórdida?

Sim sórdida. Sórdida sórdida sórdida.

Ter criação religiosa era uma sensação sórdida?

Foi o que eu disse você tem problemas de audição ou algo assim?

Acho as preliminares a parte mais interessante.

Sim as preliminares são a parte mais interessante.

Tem gente que gosta da consumação.

Já ouvi falar. Mas na minha opinião as preliminares são a parte mais interessante. É mais interessante.

Nunca pensei muito a respeito mesmo estudei inglês.

Tem gente que gosta de resolver o negócio de uma vez.

Sim já ouvi falar.

Quase tudo é interessante se você tiver interesse.

Já ouvi falar. Você deve ter estudado anatomia.

In extenso.

14

Alexander, Sam e Edmund. Pedindo permissão para falar.

É claro, disse Thomas. O que é?

Bem, senhor, disse Alexander, alguns dos rapazes andaram pensando.

Sim? O que eles andaram pensando?

Bem, senhor, disse Alexander, os homens padecem de certa melancolia.

Minha nossa, disse Thomas. E como ela é?

Bem, senhor, eu diria que se trata de uma indisposição. Menos amuo que amargura.

Quais os sintomas?

Dor de cabeça, vertigem, tilintar no ouvido, falta de sono, olhar fixo, olhos vermelhos, rubor, barriga dura, eructações breves e agudas, prostração e dor no lado esquerdo. Nem todos os homens apresentam todos os sintomas. A maioria tem dois. Alguns têm três. Um tem quatro.

Eu, disse Edmund.

Não dobrei a ração de rum?, Thomas perguntou.

Dobrou, senhor, e somos gratos por isso. Ainda assim...

Bem, qual o problema?

Bem, senhor, eu estava chegando nele. O problema, disse Alexander, é ético.

Não me diga. Local ou geral?

Bem, senhor, sentimos que talvez não devêssemos estar fazendo o que estamos fazendo. O senhor poderia dizer que se trata de uma obnubilação.

Uma o quê?

Um obscurecimento da verdade.

Que verdade, e quão obscurecida?

Bem, senhor, disse Alexander, encare a questão desta forma. É assim: o majestoso Pai sendo arrastado por gente como nós aos trancos e barrancos e todo estropiado e com a pernocona toda machucada e a aura majestosa toda mascavada e junho se tratando de um mês ruim para novos empreendimentos e um mês ruim para antigos empreendimentos de acordo com as cartas celestes e coisetal nós, isto é, os homens, temos uma ligeira intuistição de que talvez seja melhor não prosseguir, para o bem do grande Pai o mandachuva o onissapiente o velho maestre o xá das cinco o cá cisque o marajarrajá o incaluniável o cã decorado o machucho o xô ogum de que oito o estatuder-chefe o voivoda o uáli-mor, este Ser, afirmo, em se tratando de um Ser do mais alto interesse antropocentriquetraque, além de responsável por manter o milho brotando dos aprazíveis verdes campos e coisa e loisa, talvez esteja sendo amarfanhado e lesa-majestado por nós pobres toscos ao longo de muitos metros de ziquizira entra dia sai dia mas até um tosco possui um cérebro com o qual se perguntar e o que nos perguntamos é com que finalidade? para qual propósito? estamos certos? estamos errados? temos culpa? até que ponto? haverá um julgamento posterior? investigações oficiais? tribunal de condenação? relatórios? vocês contaram para ele? se contaram o que contaram? quanto da culpa se há culpa é nossa? dez por cento? vinte por cento? uma porcentagem maior? e perscrutando nosso âmago como fazemos toda manhã e noite e também ao meio-dia depois do almoço e depois que a louça está lavada, nos perguntamos por qual motivo? com que intenção? seria possível remendar a consciência? *estamos fazendo a coisa certa?* e com todo amor e respeito que temos por você Thomas-o-Sobranceiro e por sua sabedoria que jamais negaríamos sequer por um instante e por seu coração... Para resumir, temos nossas dúvidas.

Um ensejo. Thomas se levantando.

Suas questões são válidas, disse ele. Sua preocupação tem fundamento. Creio que posso responder melhor através de uma historinha curiosa. Imagino que saibam da vez em que Martinho Lutero tentou arregimentar Franz Joseph Haydn para sua causa. Telefonou para Haydn e disse: "Joe, você é o melhor. Quero que faça um som pra *gente*." E Haydn só respondeu: "Nem a pau, Marty. Nem a pau."

Você confundiu os séculos e esse telefone nem deveria estar aí e de qualquer modo não entendi o que você quis dizer com isso, disse Edmund.

Viu!, Thomas exclamou. É isso mesmo! As coisas não são simples. O erro é sempre uma possibilidade, mesmo com as melhores intenções do mundo. As pessoas se equivocam. As coisas não são feitas do jeito certo. As coisas certas não são feitas. Há casos que não são claros. É preciso ser capaz de tolerar a ansiedade. Caso contrário é como pular fora do navio, em termos éticos.

Odeio ansiedade, disse Edmund. Sacou um cantil e o emborcou.

Quer um gole?, perguntou a Thomas.

O que é?

Solvente de tinta com um pouco de granadina.

Passo, obrigado, disse Thomas.

Você não resolveu nosso dilema, disse Alexander. Se puder nos fornecer uma declaração de intenções, por mais absurda ou improvável que soe... Algo que possamos levar para os rapazes.

Nós o estamos ajudando a passar por um período difícil, disse Thomas, eu diria que essa seria uma forma de definir.

Então se iluminou, como se tocado por uma ideia.

É, digamos, um ensaio.

15

O Pai Morto falando com Emma. Brumas róseas do início da manhã. Lacunas visíveis na vegetação, sumagreiras, íris, mil-flores, tudo arrasado. Mais além morros baixos, difusos. O Pai Morto em sua túnica dourada. Emma com sua farda verde, calça e camisa.

Você está muito bonita esta manhã, diz o Pai Morto.

Oh, estou?, diz Emma.

É uma mulher muito vistosa, diz o Pai Morto.

Não não, diz Emma, apenas comum. Apenas uma mulher comum. Mais uma entre milhares.

De modo algum, de modo algum. Ora, vi muitas nesta vida.

Sim, disse Emma, acredito.

Algumas belezas estonteantes. Consigo distinguir, creio, entre o que é comum e o que não é. Eu diria que você é *sui generis*.

Longe disso, disse Emma. Apenas mais uma bolacha-do-mar na beira da praia.

Não não não, disse o Pai Morto, é de fato digna de nota. O busto, por exemplo.

Sim, disse Emma, alguns o julgariam satisfatório.

Satisfatório! Que palavra. Ora, fazia uns vinte anos que não a escutava.

Sim, disse Emma, alguns o julgariam passável.

Eu o compararia ao busto da Afrodite de Cirene se você tirasse a camisa para eu ver melhor.

Não, disse Emma, não creio que seria correto. Terá de se contentar com a vaga sugestão fornecida pelo exterior. O truque da camisa é da Julie.

Lembro-me de um busto, disse o Pai Morto. Talvez um busto melhor que o seu. Talvez um busto pior que o seu. Ainda que sejam todos belos, os bustos, todos belos, cada um ao seu modo, uma tolice falar de "melhores" e "piores", é de fato comparar alhos com bugalhos.

E que busto é esse em sua lembrança?

Era uma advogada. Compareceu diante de mim em um julgamento. Eu presidia. O caso tinha relação com um almirante homossexual que tinha sido pego sodomizando uma turma de negros. Uma turma inteira de negros. Lá embaixo na casa de máquinas em meio ao vapor e à graxa. Insinuações de coerção. Insinuações de abuso hierárquico. E assim por diante. Ela defendia o almirante, togada. Prestei atenção na toga. Togas têm algo de muito sensual. Estava petrificado, não conseguia tirar os olhos dela. O busto sob a toga tem certo contorno que não sei como descrever. Deixa zonzo. Ela argumentou de forma muito competente, talvez a exposição mais bem documentada que já li. O caso do governo, por outro lado, tinha sido preparado de qualquer jeito. Eu a favoreci. Estritamente por seus méritos. Uma pilha de méritos. Depois tomamos um *brandy* em meus aposentos. Ela disse que eu não era tão ruim quanto diziam. Eu disse que Oh, não, eu era sim. Passamos uma semana juntos na ilha de Aúra. Abelha & Cardo a hospedaria, se bem lembro. Incomparável. Ensinou-me muito sobre lei, a advogada, eu que achava que sabia tudo. Claudia. Casou-se com um paraquedista, se bem lembro. Um desse sujeitos que despencam de aviões e caem por milhares e milhares de metros esperando o guarda-chuva abrir. Um dia ele não abriu. Uma quarta-feira, se bem lembro. Concedi-lhe um juizado e ela recebeu duas menções da associação profissional por mérito além do plausível. Essa era a Claudia.

E o busto? O que aconteceu com ele?

Crescendo em sabedoria e beleza, ainda batendo com a convicção de que é possível tornar o mundo equidoso, imagino. Em retrospecto, foi uma de minhas melhores indicações.

Irritação de Emma. Camisa sendo arrumada etc. Calças puxadas para cima. Dedos brincando nervosos perto da garganta.

Sou velho, disse o Pai Morto, velho, velho, velho. É esse; o porquê de você não querer me mostrar o que tem debaixo da camisa.

Não é isso, disse Emma. Então mudou de ideia.

É isso, ela disse.

O que há de errado comigo?, gritou o Pai Morto. Assim estou me sentindo o Congresso de Viena!

Que bobagem, disse Emma, pegando na mão dele. Você é tão bom quanto sempre foi. Ou quase tão bom quanto sempre foi.

Então venha para a cama comigo e sussurrarei segredos em seu ouvido. Segredos poderosos.

Sim, disse Emma, segredos, essa é a segunda melhor parte, os segredos. A melhor parte na minha opinião é comprar a mobília. Escolher as toalhas. O aço inoxidável. O tapete. O vaso de planta. A cabeceira da cama. O objeto de arte. O abridor de latas.

Emma dá início à lacrimação (a sério).

O abridor de latas, ela diz, e o escorredor de macarrão.

Por que está chorando?, perguntou o Pai Morto.

Estava pensando nas saladas, ela disse em meio às lágrimas. Salada e mais salada. Faço saladas maravilhosas.

Não chore, por favor.

Faço saladas *tão* boas, ela disse.

Tenho certeza de que faz.

Apenas azeite de oliva virgem fresco importado da Itália. Cogumelos fatiados e tomates orgânicos ou desinternados, de um lugarzinho que conheço. E folhas, folhas disso e folhas daquilo. Cocaína, ou pó como chamam alguns, salpicada por cima de tudo com sal, pimenta, salsinha, mostarda preparada...

Vem pra cama, querida saladeira. Vem pra cama comigo.

Não vou não, disse Emma. Perdoe-me por falar, mas você é, você é, você é velho demais.

O Pai Morto desabou no chão e começou a mastigar a terra da estrada.

Não faça isso, querido amigo, disse Emma, dedilhando as omoplatas do Pai Morto. Não adianta nada.

16

Todo mundo pronto para o grande baile?

Como faremos um baile com apenas duas mulheres?

As mulheres terão de se esforçar em dobro na dança.

Edmund pede a primeira dança.

Não, essa é para o Pai Morto.

Felicidade do Pai Morto.

O Pai Morto e Julie dançando.

Edmund e Emma dançando.

Thomas tocando *kazoo.* Alexander, flauta. Sam, banjo.

Tocam a "Immigration Waltz".

Clarão das fogueiras.

Aquele cavaleiro ainda está nos seguindo?

Sim, ainda.

Você dança muito bem.

Sim eu danço muito bem. Você dança bem.

Obrigado. É meio difícil dançar com essa perna.

Não sério está indo muito bem, levando tudo em conta, mas para falar a verdade eu acho mesmo que este baile está terrível.

Por quê?

Não tem ninguém aqui.
Eu estou aqui.
Sim você mas não tem mais ninguém ninguém novo.
Você quer alguém novo?
Sempre quero alguém novo.
O que alguém novo tem de tão bom?
É novo. A novidade.
Isso é um pouco ofensivo àqueles de nós que não são novos.
Que despeito.
Por que você fica olhando ao nosso redor?
Procurando alguém novo.
Quem mandou os convites?
Quem contratou a banda?
Quem conseguiu a champanhe?
Quem pendurou o papel crepom?
Quem acendeu as fogueiras?
Queria que tocassem outra coisa.
O que você quer ouvir?
Alguma coisa nova.
Qualquer coisa nova?
Qualquer coisa nova.
Que tal "Midnight in Moscow"?
Não é nova.
Eu sei mas é bonita.
Não dá pra dançar é lenta demais.
Você é meio luxenta.

Sou meio luxenta.

Hein?

Sou meio luxenta. Eu sei. Agora me conta alguma novidade.

Não sei novidade alguma.

Eu sei.

Hein?

Quem são aquelas pessoas?

Não sei mas podem ser o cavaleiro que está nos seguindo ou alguns dos amigos dele. Atraídos pela música, imagino.

Não, não são eles, esses são novos. O cavaleiro que está nos seguindo não é novo.

Parecem meio escuros e peludos.

Sim agora que olhei melhor são macacos.

Sim você tem razão parecem ser macacos.

Um dois três quatro cinco macacos.

Sim estão batendo o pé no ritmo da música.

Que música é?

"Crabapple Stomp". Sempre gostei dessa.

Eu também o único problema é que não é nova, você acha que eles querem dançar?

Hein?

Você acha que eles querem dançar, os macacos?

Pergunte mas talvez segurem você com muita força.

Vou correr o risco. São novos.

Talvez esmaguem você com braços incrivelmente fortes.

Isso seria novo.

Talvez fedam horrivelmente.

Isso também seria novo estou cansada de todos vocês que cheiram bem.

Que música e essa?

É a "Valsa do Carborundum".

Sempre gostei de valsas. Lembro que...

Olha *ela* não tem medo dos macacos está tirando um deles para dançar.

Ele dança bem para um macaco.

Quem teve a ideia de promover esse baile afinal?

Foi o Comitê do Baile.

Bem acho que quebra a monotonia.

Sim acho que faz isso mesmo, de certo modo.

Acho que alguns são machos e outros fêmeas os menores devem ser fêmeas.

Sim são um pouco mais graciosas que os machos.

Vou dançar com um deles.

Vai me abandonar aqui no meio do salão?

Isso vai ser novo.

Sim vai ser novo mas acho que é um tantinho ofensivo estar dançando com uma pessoa para então deixar essa pessoa sozinha no meio do salão e sair para dançar com um macaco.

Você pode dançar a próxima comigo. Vou escrever seu nome no meu cartão de danças.

Não tenho nenhum desejo especial de dançar com alguém depois que esse alguém andou dançando com um macaco.

Você sabe falar?

(Silêncio.)

Nada?

(Silêncio.)

Isso é novo.

(Silêncio.)

Vocês macacos vivem por aqui no matagal cerrado e entram e saem do meio das árvores em busca de frutas e hortaliças?

(Silêncio.)

Bem vocês certamente são exímios dançarinos exceto talvez pelo fato de você quem sabe estar me apertando um pouco demais?

(Silêncio.)

Obrigada acho que melhorou não faz sentido perguntar seu nome tudo bem se eu chamar você de Hector?

(Silêncio.)

Alguma das fêmeas é sua esposa ou namorada, quer dizer eu imagino que vocês dancem bastante juntos à noite ou em época de festivais ocasiões especiais Hector isso provavelmente terá repercussões os homens não estão gostando posso ver que você gostaria de um prato de frango ou algo assim oh esqueci que você não come carne e provavelmente seria um erro da minha parte fazer você começar com isso mas temos também uns bolinhos e coisinhas e Ki-Suco eu acho ou algo equivalente as coisas mudam tão rápido de nome hoje em dia nem sei mais se ainda se chama Ki-Suco pode ser só suco de uva com mais alguma coisinha misturada para animar um pouco ai! tudo bem foi minha culpa onde você estudou desculpa foi uma pergunta idiota é que quando a gente dança é normal sentir vontade de conversar e é um pouco difícil quando a outra pessoa não diz nada.

(Silêncio.)

Bem eu sem dúvida gostei dessa dança foi algo novo será que posso apresentar você a uma outra integrante do nosso grupo que também dança bem é muito alegre e tem uma ótima personalidade você vai se surpreender tem gente que acha ela mais bonita do que eu mas isso não é o tipo de coisa que fica bem eu comentar não é ha ha vem aqui um pouquinho e eu apresento oh nossa ela já está dançando bem que tal você ficar sentadinho e esperar a próxima que pegada, menos força, menos força, agora está melhor você entende bastante coisa não é bastante coisa mesmo levando em conta que você me daria licença por um instante preciso ir ao toalete ou estou dizendo que preciso me separar de você por um instante Hector solta a minha mão agora eu vou voltar e vamos conversar mais um pouco eu prometo Hector solta agora deixa de ser...

Esta é Emma.

Emma, Hector.

Hector, Emma.

Ele gosta de dançar isso eu garanto e não tenha medo ele é mesmo um amor e bem novo, uma nova experiência isso eu prometo.

Thomas se aproxima e tira Julie para dançar.

Julie diz que está disposta a dançar com Thomas.

Vi você dançando com aquele macaco.

Sim eu estava dançando com aquele macaco o nome dele é Hector quer dizer não é o nome dele de verdade eu acho eu só chamei ele assim.

Teve vontade de ir pra cama com ele?

Nunca me passou pela cabeça eu só queria experimentar, só isso.

Tem certeza que não tem uma fantasia de ir pra cama com ele você estava dançando bem colado eu vi.

Bem ele segura com bastante força não acho que seja uma coisa sexual só acho que ele gosta de segurar tudo com bastante força quer dizer é assim que ele segura as coisas. Com bastante força.

Bem eu me senti esquisito vendo você dançar com ele e falar com ele e tudo o mais e você certamente parecia estar se divertindo a valer.

Bem ele é muito agradável e um amor e pode acreditar que eu tive um trabalhão só para não deixar a conversa morrer você não tem motivo algum para estar ciumento estou surpresa com você ciúmes de um macaco que música é essa?

É a "Valsa do Registro". Ele certamente tem intimidade com o banjo.

Sim eu não sabia que ele tocava banjo sabia que ele tocava violão claro mas não sabia que ele tocava banjo.

Eu nem sabia que a gente tinha um banjo mas Sam estava carregando um banjo o tempo todo e um cornetim de bolso você precisa ver só tem uns vinte e poucos centímetros de comprimento mas tira um baita som são feitos em Varsóvia ele me disse incrível como se encontra talento musical por aí quase todo mundo toca um pouquinho de alguma coisa.

Sim acho que o Pai Morto toca nove instrumentos ele me contou uma vez não lembro se eram oito ou nove mas ele certamente sabe tocar banjo acho que o baile foi uma boa ideia não acha todo mundo parece estar se divertindo bastante de quem foi a ideia?

Do Edmund. E da Emma.

O que é isso que estão tocando agora?

É a "Valsa da Penetração" acho.

E a presença dos macacos, imagino que sem terem sido convidados mas não me importo, dá uma sensação de novidade sempre bom conhecer gente nova ter uma ideia de como os outros são novas perspectivas por assim dizer adoraria que eles soubessem falar quase fiz uma bobagem e ofereci salada de frango ao Hector seria provavelmente uma péssima ideia criar esse gosto neles.

O Pai Morto parece bem feliz não acha quase afável dá até para esquecer os cinzéis e todo o resto vendo ele sentado ali marcando o tempo com a perna mecânica e fazendo aquilo como é que chamam acompanhamento eu acho onde será que ele aprendeu esse velho safado sabe um monte de coisas diferentes isso eu preciso admitir imagino que seja um produto dos longos anos em que ele...

Ai! desculpa deve ter sido culpa minha você quer provar alguma coisinha estou com sede olha aquilo! aquele macaco derrubou o Edmund e agora está levantando ele de novo e agora está derrubando ele de novo ah meu Deus uma briga não seria legal é melhor você separar os dois quem sabe a gente organiza uma brincadeira de salão ou algo assim você tenta formar uma fila de macacos e eu faço uma fila com nosso pessoal deixa eu ver 23 menos os três tocando mais cinco macacos isso dá mais ou menos 12 de cada lado.

Vamos precisar de um árbitro, disse Thomas, eu faço isso, então são 12 de cada lado.

As filas se formaram. O trio deu início à "Polca de Titânio".

Cumprimente seu par, disse Thomas, todos juntos agora, vem aí um belo dia, vamos aproveitar.

Emma e Hector solfejando em fila.

Esse é o melhor baile em que já estive na vida!, Emma exclamou.

17

Um posto avançado de civilização ou domicílio humano. Moradias dispostas em fileiras perfeitas, geminadas uma na outra na outra na outra. Crianças brincando nos telhados.

Onde estão as ruas?, perguntou o Pai Morto.

Não parece haver nenhuma, disse Julie.

Talvez túneis subterrâneos?

Ou talvez se espremam por entre as casas, ficando bem pequenininhos e jamais esquecendo de espiar pelas janelas enquanto passam.

Isso é Planejamento, disse Thomas, uma Cidade Nova. É preciso deixá-la para morrer atropelado.

Circulação não é uma prioridade por aqui, disse um observador. Por que aquele homem, aquele bem ali, com aparência distinta, está sendo arrastado? O que ele fez? Por que aqueles 19 estão bufando e suando com as mãos no cabo? Por que vocês três não estão bufando e suando com as mãos no cabo? Não compreendo sua tabela organizacional.

Ele é um pai, disse Thomas.

Péssima notícia, disse o homem, vocês não podem trazê-lo para cá.

Ele está exausto. *Nós* estamos exaustos. Podemos pagar.

Terão de castrá-lo e limpar os pés no capacho, disse o homem, cujo rosto continha barbicas em lugares estranhos, como nos lábios e no meio da testa. Precisam de uma faca de capar? Tesoura? Navalha? Guilhotina de papel? Caco de vidro? Abridor de cartas? Cortador de unhas?

Ele é um objeto sagrado, em certo sentido, disse Thomas. Chega de bobajada. Onde fica o albergue?

Temos dois, disse o cidadão. O bom e o ruim. O ruim tem as melhores garotas. O bom tem o melhor patê. O ruim tem as melhores camas. O bom tem a melhor adega. O ruim tem os melhores periódicos. O bom tem a melhor segurança. O ruim tem a melhor banda. O bom tem as melhores baratas. O ruim tem os melhores martínis. O bom tem os melhores cartões de crédito. O ruim tem a melhor prataria. O bom tem as melhores vistas. O ruim tem o melhor serviço de quarto. O bom tem a melhor reputação. O ruim tem a melhor fachada. O bom tem o melhor candelabro. O ruim tem o melhor carpete. O bom tem os melhores banheiros. O ruim tem o melhor bar. O bom tem a melhor assessoria comercial e financeira. O ruim tem os melhores retratos. O bom tem os melhores mensageiros. O ruim tem os melhores vasos de plantas. O bom tem os melhores cinzeiros. O ruim tem as melhores lesmas. O bom tem os melhores cartões-postais. O ruim tem o melhor café da manhã. O bom...

Entre o bom e o ruim, disse Julie, parece não haver muita escolha.

Temos também residências particulares, mas nenhuma ampla ou tola o suficiente para tentar abrigar seu grupo inteiro, disse o homem. Aquela coisa ali faria as crianças molharem as calças na primeira espiada.

Ele está falando de você, disse Emma ao Pai morto.

O Pai Morto abriu um sorriso.

Ele disse que você vai assustar as crianças.

Felicidade do Pai Morto.

Ele, disse o cidadão, ele não pode entrar sem o corretivo. Posso emprestar uma serra circular.

Acho melhor não, disse o Pai Morto.

Ele acha melhor não, Thomas disse ao cidadão.

Mas que maçada, disse o cidadão, e quem imaginaria o contrário? Mas regra é regra.

Edmund, chamou Thomas.

Edmund se apresentou.

Gostaria de pagar alguns drinques para este cidadão desta excelente comunidade?, Thomas perguntou. Pode colocar na minha conta.

Tremor de felicidade atravessando Edmund de alto a baixo (visível).

Edmund e o cidadão saindo para a taberna de braços dados.

Agora, disse Thomas, vamos inspecionar as acomodações.

Após darem uma olhada no albergue bom, escolheram o albergue ruim.

Julie e Thomas no quarto, sentados na cama. Quadro na parede: *Morte de Sigismur*.

Incrível como ele protege as próprias bolas, disse Julie, que coisa curiosa, não entendo.

Eu entendo, disse Thomas.

Não admite que chegou a hora de pendurar as chuteiras, ela disse, quantos anos você acha que ele tem?

Ele afirma ter 109, disse Thomas, mas pode estar exagerando. Pode estar diminuindo. Não sei.

Acho que três integrantes do nosso grupo são clones.

Quais três?

Os três ruivos que mancam.

Thomas se deitou na cama.

Que ideia lamentável, ele disse.

Por que você devolveu a perna a ele depois de ter tirado?

Pragmatismo puro. Ele cambaleia melhor com ela. Temos fins em vista.

De fato temos, ela disse, de fato temos.

Alguém bate na porta do aposento.

Quem está aí?, perguntou uma voz do lado de fora.

Vamos responder?, Julie perguntou.

Quem está aí?, a voz perguntou mais uma vez.

Quem quer saber?, gritou Julie.

Um silêncio.

Peter, disse a voz enfim.

Conhecemos alguém chamado Peter?

Eu não conheço ninguém chamado Peter.

O que você quer, Peter?, ela perguntou.

Preciso borrifar a planta, Peter respondeu.

Thomas olhou ao redor. Havia um cacto sobre a penteadeira.

Cactos precisam ser borrifados?, Julie perguntou.

Deixa ele entrar, disse Thomas.

Julie abriu a porta.

Algumas pessoas sabem o que estão fazendo, disse Peter, e outras não.

Começou a envolver o cacto em gaze úmida.

Muito bem, meu camarada alto e magro, disse Julie, o que você faz por aqui?

Ouvi falar que havia forasteiros. Não recebemos muitos forasteiros. Queria dar uma coisa para vocês.

Queria nos dar o quê?

Ele parece meio pateta, cochichou Thomas.

O livro, disse Peter.

Sobre o que é o livro?

Peter trazia junto ao peito um volume todo desgastado e esfarrapado, quase se desintegrando, do qual choviam ninhos de rato.

É um manual, ele disse. Pode ter alguma utilidade para vocês. Por outro lado, pode não ter.

Você é o autor?, Julie perguntou.

Oh, não, disse Peter. Sou o tradutor.

De que língua foi traduzido?

Foi traduzido do nosso idioma, ele disse, para o nosso idioma.

Você deve ter estudado nosso idioma.

Sim, estudei nosso idioma.

É comprido?, Thomas perguntou, olhando para o livro fininho.

Não é comprido, disse Peter, e ao mesmo tempo é comprido demais.

Então, com fúria:

Vocês têm ideia de como tradutores ganham mal?

Não é culpa minha, disse Julie, assim como quase tudo no mundo, não é culpa minha.

Mais parece esmola!, declarou Peter.

Você está vendendo esse livro?

Não, Peter disse com ar nobre, estou dando ele para vocês, como um presente. Não vale a pena vendê-lo.

Retirou a gaze do cacto.

Edição de quarenta exemplares, disse, impressa originalmente em fatias de pão de centeio. Esta é a segunda edição.

Temos que dar alguma coisa para você, disse Thomas, o que poderia ser?

Vocês são forasteiros, disse Peter. Sua aprovação me basta.

Você a tem, disse Julie, e beijou a testa de Peter.

Estou absolvido, disse Peter, por ora. Posso seguir em frente, por ora. Estou reificado, por ora.

Saída de Peter.

Ele não pediu muito, disse Thomas.

Ele não tem condições de negociar muito, disse Julie. É um tradutor.

Deitaram de bruços na cama, olhando para o livro.

O livro se intitulava *Um manual para filhos*.

O autor não era creditado.

"Traduzido do nosso idioma por Peter Espalhapater", anunciava a folha de rosto.

Começaram a ler o livro.

UM MANUAL PARA FILHOS

TRADUZIDO DO NOSSO IDIOMA POR
PETER ESPALHAPATER

(1) Pais loucos
(2) Pais como professores
(3) A cavalo etc.
(4) O pai saltitante
(5) Melhor abordagem
(6) Ys
(7) Nomes de
(8) Vozes de
(9) Amostra de voz, A
B
C
(10) Colmilhudo etc.
(11) Hiram ou Saul
(12) Cores de pais
(13) Embalando
(14) Uma reprimenda
(15) O pai em queda
(16) Pais perdidos
(17) Resgate de pais
(18) Órgãos sexuais
(19) Nomes de
(20) Yamos
(21) "Responsabilidade"
(22) Morte de
(23) Parricídio como má ideia e argumentos finais

Pais loucos cruzam os bulevares de cima a baixo, gritando. Evitá-los, abraçá-los ou confidenciar a eles os pensamentos mais íntimos - nada faz diferença, eles são surdos. Caso seus trajes estejam cobertos de latas costuradas no tecido e sua saliva lembre uma fileira de lagostins vermelhos fervidos e dependurados pela cabeça diante das latas, isso indica a presença de sérios distúrbios no hemisfério cerebral esquerdo. Por outro lado, se estiverem apenas latindo (sem latas, saliva armazenada em segurança na bolsinha da bochecha), perderam a razão por conta das complicações da vida em sociedade. Aproxime-se deles, aquiete suas matracas de madeira interpondo a mão esquerda entre as partes articuladas e peça desculpas. Se pararem de latir não significa que escutaram você, significa apenas que estão vivenciando pensamentos eróticos abominavelmente esplendorosos. Permita que desfrutem dessas imagens por um momento e então desfira um golpe em sua nuca usando o canto da bronzeada mão direita. Peça desculpas mais uma vez. Eles não compreenderão (porque seus cérebros viraram mingau), mas ao pronunciar essas palavras seu corpo assumirá uma postura que comunica, em todos os países do mundo, arrependimento. Alimente-os com gentileza usando pedaços de sobras de carne que você terá trazido nos bolsos. Primeiro segure a carne diante dos olhos deles, de modo que possam enxergar do que se trata, e então aponte para suas bocas, para que saibam que a carne é para eles. Neste ponto a maioria abrirá a boca. Se não abrirem, atire a carne em meio aos latidos. Se a carne não adentrar a boca por inteiro mas em vez disso atingir (digamos) o lábio superior, desfira outro golpe, agora no pescoço, isso quase sempre faz a boca se escancarar e a carne que adere ao lábio superior cairá dentro dela. Talvez nada funcione da maneira que descrevi; neste caso, não há muito que se possa fazer por um pai louco exceto escutar, por algum tempo, seus balbucios. Se ele gritar "*Vai fundo, emptor!*" você deve tentar decifrar o código. Se ele gritar "*Os biltres mataram seu cavalo!*" anote no caderno a frequência com que as palavras "os" e "seu" ocorrem durante a arenga. Se ele gritar "*O gato está no mato e es-voa-ça-cino vai fundo!*" lembre-se de que ele já pediu uma vez para você "ir fundo" e que isso deve ter relação com algo que você está fazendo. Então vá fundo.

Pais são professores do que é verdadeiro ou não, e pai algum jamais ensinaria conscientemente algo não verdadeiro. Assim, é em meio a uma nuvem de inconsciência que o pai transmite sua instrução. Carne dura deve ser bem martelada entre duas pedras antes de ser colocada no fogo, e penteada com um pente e escovada com uma escova antes de ser colocada no fogo. Pulmões de aço e ciclótrones também são úteis para esse propósito. Chegando à noite, com gado sedento, a um poço de qualidade incerta, primeiro é necessário tornar o poço mais profundo com o cano de um rifle, depois com uma baioneta, depois com um lápis, depois com uma vareta de mosquete, depois com um picador de gelo, arrematando o poço e enfim fazendo a água jorrar com agulha e linha. Não se esqueça de limpar imediatamente o cano do rifle. Para encontrar mel, amarre uma pena ou uma palha na pata de uma abelha, solte-a no ar e espie com atenção seu trajeto enquanto ela voa lentamente de volta à colmeia. Pregos, fervidos por três horas, produzem um líquido ferruginoso que ao ser combinado com rabada assume ao secar um tom de chama e é útil para repelir a tuberculose e atrair índias. Não se esqueça de abraçar imediatamente as índias. Para evitar bolhas nos pés, ensaboe o interior das meias com uma espuma de ovo cru e palha de aço, que unidos amaciam imensamente o couro do pé. Instrumentos delicados (como instrumentos de agrimensura) devem ser confiados a um carregador velho e debilitado; ele tropegará com extremo cuidado. Uma maneira de fazer um asno não zurrar à noite é atar uma criança pesada à sua cauda; ao que parece, um asno eleva a cauda quando quer zurrar, e se a cauda não puder ser elevada ele perde a vontade. Selvagens se satisfazem prontamente com contas baratas das seguintes cores: branco fosco, azul-escuro e vermelho-cinabre – em geral rejeitam as contas mais caras. Aos não selvagens devem ser oferecidos livros baratos das seguintes cores: branco-osso, marrom e alga – livros que enaltecem o mar são muito cobiçados. Operações satânicas não devem ser conduzidas sem antes consultar a Bibliothèque Nationale. Quando Satã enfim surgir diante de você, tente não parecer surpreso. Em seguida capriche na barganha. Se ele não gostar das contas nem dos livros, ofereça uma cerveja gelada. Então...

Pais ensinam muitas coisas valiosas. E muitas sem valor.

Pais em alguns países são como fardos de algodão; em outros, como potes ou jarros de argila; em outros, como ler, em um jornal, um longo relato sobre um filme a que você já assistiu e do qual gostou imensamente mas não tem vontade alguma de assistir de novo ou ler a respeito. Alguns pais têm olhos triangulares. Alguns pais, quando você lhes pergunta que horas são, cospem dólares de prata. Alguns pais vivem em velhas e imundas cabanas no alto das montanhas e produzem ruídos assassinos com a garganta quando seus ouvidos de sensibilidade fantástica detectam, na superfície do vale, algum passo de forasteiro. Alguns pais urinam perfume ou álcool medicinal, destilado por processos corpóreos poderosos a partir daquilo que eles beberam o dia todo. Alguns pais têm apenas um braço. Outros têm um braço extra, além dos dois normais, escondido dentro dos casacos. Nos dedos desse braço há anéis de ouro com ornamentação elaborada que dão esmolas quando uma mola secreta é pressionada. Alguns pais transformaram a si mesmos em réplicas convincentes de belos animais marinhos, e alguns em réplicas convincentes de pessoas que eles odiavam na infância. Alguns pais são cabras, outros são leite, alguns ensinam língua espanhola em mosteiros, alguns são exceções, alguns são capazes de atacar problemas econômicos mundiais e matá-los, mas ainda não fizeram isso, estão esperando por uma derradeira informação vital. Alguns pais se pavoneiam mas a maioria não faz isso, exceto por dentro; alguns pais posam a cavalo mas a maioria não o faz, exceto no século XVIII; alguns pais caem dos cavalos que montam, mas a maioria não o faz; alguns pais, após caírem do cavalo, abatem o cavalo a tiros, mas a maioria não o faz; alguns pais temem cavalos, mas a maioria teme mesmo mulheres; alguns pais se masturbam porque temem mulheres; alguns pais dormem com mulheres contratadas porque temem mulheres livres; alguns pais jamais dormem e vivem uma vigília sem fim, encarando os próprios futuros, que estão às suas costas.

O pai saltitante não é uma ocorrência comum, mas existe. Dois pais saltitantes juntos em um mesmo aposento podem causar acidentes. A melhor solução é acorrentá-los a pneus de caminhão para carga pesada, um na frente e outro atrás, para que os saltos se tornem pulinhos patéticos. Suas vidas se resumem a isso, de qualquer modo, e lhes faz bem serem capazes de enxergar, no espelho, a encenação de suas vidas inteiras, numa sequência com talvez cinco minutos de duração de movimentos ascendentes que na verdade não vão muito longe nem têm qualquer resultado relevante. Sem os pneus, o pai saltitante possui uma qualidade de estorvo que pode rapidamente se transformar em séria ameaça. A ambição está no âmago desse problema (pode até mesmo ser uma ambição *para você*, e neste caso você está correndo um perigo ainda maior do que o imaginado), e o âmago pode ser removido através de uma cirurgia no fígado (sendo o fígado, como sabemos, o lar dos humores). Avistei um pai saltitante no parque, ele estava a meio metro do chão e segurava um objeto de couro marrom com trinta centímetros de diâmetro que lançava para longe de si – alguma espécie de pecado, imaginei. Mirava o objeto em uma rede sustentada por um aro de aço, mas a rede não tinha fundo e não havia jeito de a rede abrigar o pecado, mesmo que o pai tivesse sido capaz de depositar o pecado com segurança dentro da rede. A inutilidade desse projeto me entristeceu, mas essa era uma emoção adequada. Existe algo de muito triste em todos os pais saltitantes, nos próprios saltos. Prefiro manter os pés no chão, nas situações em que o chão não foi retirado de sob meus pés pelo pai escavador de túneis. Este último é geralmente malhado de preto e branco e acima de tudo notável por sua ausência de velhacaria.

A melhor maneira de abordar um pai é por trás. Deste modo, caso ele decida alvejá-lo com a azagaia, provavelmente errará. Pois no ato de retorcer o corpo para se virar, e retrair o braço que segura a lança, e fazer mira para atirá-la, ele permitirá que você tenha tempo de correr e fazer reservas em um voo para outro país. Para Rukmini, onde não existe pai algum. Nesse país virginais deuses do milho se amontoam sob cobertores de lascas de rubi e cimento flexível ao longo de todo o comprido e úmido inverno rukminiano, e de alguma forma por nós ignorada produzem crias. Os novos cidadãos são saudados com palmeiras-anãs e certificados de valor, e são conduzidos (ou arrastados em tobogãs) até o zócalo, a praça mais importante do país, e sua ascendência *augensheinlich* é registrada em uma imensa tigela de prata, e suas impressões digitais são descascadas de modo que nada jamais possa ser provado. Vejam! No painel de nogueira da sala de jantar, uma azagaia! O painel está ferido em cem lugares.

Conheci um pai chamado Ys que teve muitos, muitos filhos e os vendeu, um por um, para açougues. Como os açougues não aceitavam crianças raivosas ou amuadas Ys era, para os filhos, o pai mais gentil e afável que se pode imaginar. Alimentava-os com uma quantidade imensa de rações raras e iguarias inigualáveis, contava histórias interessantes e engraçadas e orientava-os diariamente em atividades para ganho de peso. "Filhos robustos", dizia, "são os melhores". Uma vez por ano os açougues despachavam um furgãozinho azul até a casa de Ys.

Nomes de pais. Pais se chamam:

A'albiel
Aariel
Aba
Ababaloi
Abaddon
Aban
Abatur
Abbott
Abdias
Abel
Abiou
Acsa
Adão
Adeo
Adityas

Adlai
Adnai
Adoil
Adossia
Aeon
Aesma
Af
Afkiel
Agason
Agwend
Alberto
Arão

Pais têm vozes, e cada voz possui uma *terribilità* particular. O som da voz de um pai é diverso: semelhante a filme queimando, semelhante a mármore sendo arrancado aos guinchos da encosta de uma pedreira, semelhante ao choque noturno de clipes de papel, cal fervilhando em uma mina de calcário ou canto de morcego. A voz de um pai pode estilhaçar óculos. Alguns pais têm vozes abespinhadas e outros, vozes amalucadas. Sabe-se que pais, despidos do manto do papel paterno, podem ser fazendeiros, tenores heroicos, funileiros, pilotos de corrida, pugilistas ou vendedores. Quase todos são vendedores. Muitos pais não queriam, especialmente, ser pais, a coisa aconteceu com eles, tomou conta deles, por acidente, ou graças aos planos detalhados de outra pessoa, ou por simples falta de jeito da parte de alguém. Ainda assim essa categoria de pai - o involuntário - costuma estar entre os mais cuidadosos, gentis e belos dos pais. Se um pai se tornou pai 12 ou 27 vezes, cabe dedicar a ele um olhar curioso - este pai não se detesta o suficiente. Este pai usa com frequência um gorro azul de lã em noites tempestuosas, para relembrar um passado viril - atividades no Atlântico Norte. Muitos pais são inocentes em todos os sentidos, e estes pais são relíquias sagradas tocadas por outrem para curar doenças incuráveis ou textos a serem estudados geração após geração, para determinar como tal idiossincrasia pode ser maximizada. Pais-texto costumam ser encadernados em azul.

A voz do pai é um instrumento da mais terrível pertinácia.

Amostra de voz A:
Filho, tenho uma má notícia. Você não vai entender tudo que isso significa, porque você só tem 6 anos e também é meio fraco da cabeça por causa dessa moleira que nunca se fechou direito, sei lá eu o porquê. Mas não posso mais segurar, filho, preciso dar essa notícia. Não tem maldade nenhuma nisso, filho, espero que acredite em mim. O negócio é o seguinte, você precisa ir para a escola, filho, e se socializar. A notícia é essa. Você está ficando pálido, filho, e eu entendo. É uma coisa terrível, mas é assim que funciona. A gente poderia socializar você aqui em casa, sua mãe e eu, mas não conseguiríamos ver isso acontecendo, é um negócio horroroso. E sua mãe e eu, que amamos você e sempre amamos e sempre amaremos, somos um pouco sensíveis, filho. Não queremos ouvir você uivando e gritando. Vai ser uma desgraça, meu filho, mas você mal vai sentir. E eu sei que você vai se sair bem e não vai fazer nada para nos entristecer, sua mãe e eu que amamos você. Sei que você vai se dar bem e não sair correndo nem desabar no chão tendo convulsões. Filho, seu rostinho é patético. Filho, não podemos deixar você vagar pelas ruas como um animal enlouquecido. Filho, você precisa reprimir seus impulsos naturais. Você precisa ter as arestas aparadas, filho, você precisa se tornar realista. Vão cair com tudo em cima de você na escola, garoto. Vão acabar com a sua raça. Vão ensinar você a pensar, você vai aprender as letras, as letras e os algarismos, os verbos e tudo mais. Sua mãe e eu poderíamos socializar você aqui em casa mas seria do-

loroso demais para sua mãe e eu que amamos você. Você vai entrar no sarrafo, filho, o sarrafo vai se apresentar a você e fazer amizade. Você vai aprender sobre seu país na escola, filho, deitado eternamente em berço esplêndido. Vão atirar um monte de coisa na sua cabeça na escola e acho bom você não resistir, ninguém gosta disso. Basta aceitar tudo e você vai ficar bem, filho, muito bem. Você precisa se sair bem, filho, você precisa ser realista. Vai ter outros garotos na escola, garoto, e todos eles vão querer roubar seu dinheiro do lanche. Mas não dê o dinheiro do lanche para eles, filho, coloque dentro do sapato. Se você for abordado diga que outros garotos já levaram o dinheiro. Assim você passa a perna neles, filho, entendeu? Qual é o seu problema? E cuidado com o bedel, filho, ele é cruel. Não gosta do próprio trabalho. Queria ser presidente de um banco. E não é. Isso deixou ele cruel. Cuidado com aquela coisa que ele carrega na cintura. Cuidado com a professora, filho, ela é amarga. Cuidado com a língua dela, vai cortar você. Ela tem uma língua venenosa, filho, se puder não a aborreça. Não tenho nada contra escolas, filho, só estão fazendo o trabalho delas. Ei, filho, qual é o seu problema? E se essa escola não fizer o trabalho dela a gente encontra alguma que faça. Estamos do seu lado, filho, sua mãe e eu que amamos você. Você vai praticar esportes por lá, esportes com bola e esportes com sangue, e cuidado com o técnico, é um sujeito frustrado, alguns dizem que é um sádico mas não sei de nada. Você precisa desenvolver o corpo, filho. Se empurrarem você, empurre de volta. Não leve desaforo pra casa. Não demonstre medo. Relaxe e preste atenção no cara ao seu lado, faça tudo o que ele fizer. Menos se ele for um idiota. Se ele for um idiota você vai reconhecer que se trata de um idiota porque ele vai estar apanhando de todo mundo. Deixa eu falar uma coisa sobre essa escola, filho. Eles fazem o que fazem porque eu mandei. É por isso que eles fazem. Eles não inventaram aquilo tudo sozinhos. Fui eu que mandei. Eu e sua mãe que amamos você, foi a gente que mandou. Então se comporte, garoto! Você precisa se dar bem! Você não vai ter problemas por lá, garoto, problema nenhum. Qual é o seu problema, ga- roto? Não fique assim. Ouvi o sorveteiro lá fora, filho. Quer ir atrás do sorveteiro? Vai comprar um sorvete, filho, e vê se não esquece da cobertura. Dê sua moeda para o sorveteiro, filho. E volta logo.

B:

Ei filho. Ei moleque. Vamos sair e bater uma bola. Bater uma bola. Não quer sair e bater uma bola? Como assim você não quer sair e bater uma bola? Eu sei por que você não quer sair e jogar uma bola. É porque você... Não vamos falar sobre isso. Não quero nem pensar no assunto. Bem, vamos ver, se você não quer sair e jogar uma bola pode me ajudar ali no pátio. Quer me ajudar ali no pátio? Claro que quer. Claro que quer. Nosso pátio vai ficar sensacional, moleque, quando a gente terminar. O pessoal do outro lado da rua vai cair duro quando vir. Bora lá, moleque, eu deixo você segurar o nível. E dessa vez quero que você segure essa merda bem retinho. Quero ver esse nível bem reto. Não é difícil, qualquer idiota consegue. Até um crioulo consegue. Vamos botar no rabo desses caras do outro lado da rua, eles se acham foda. Fujam da ira que está para vir, moleque, é o que eu sempre digo. Vi numa placa uma vez, FUJAM DA IRA QUE ESTÁ PARA VIR. Um maluco descendo a rua segurando essa placa, sabe, FUJAM DA IRA QUE ESTÁ PARA VIR, isso mexeu comigo. Passei dias repetindo isso em voz alta pra mim mesmo, fujam da ira que está para vir, fujam da ira que está para vir. Não conseguia tirar da cabeça. Viu, eles tão falando de Deus, é sobre isso daí, Deus, viu moleque, Deus. É essa merda de Deus que eles tentam fazer você engolir, viu, eles têm tudo planejado, viu, não vamos nem falar nisso, eu fico puto da cara. Isso me trinca as bolas. Sua mãe acredita nessa conversa fiada, viu, e é claro que sua mãe é uma mulher decente, uma mulher sensível, mas fica meio maluca com esse negócio de igreja e a gente nem fala sobre isso. Ela tem o jeito dela e eu tenho o meu, a gente nem fala sobre isso. Ela fica meio maluca com esse assunto, viu, não boto a culpa nela porque é uma coisa de criação. A mãe dela ficava maluca com esse assunto. É assim que as igrejas ganham dinheiro, viu, elas pegam as mulheres. Esse bando de mulheres otárias. *Segura bem reto, moleque.* Agora sim. Faz uma linha bem aqui com o lápis. Eu dei o lápis pra você. O que você fez com a porra do lápis? Deus do céu, moleque, *acha esse lápis.* Tá bom, vai lá dentro e me traz outro lápis. Anda logo que não posso ficar o dia inteiro segurando esse negócio aqui. Peraí, achei o lápis. Certo, tá aqui. Agora segura bem reto e faz uma linha. *Não assim, burro*, na horizontal. Achou que a gente tava construindo um celeiro? Isso. Legal. Agora faz a linha. Isso. Tá bom, agora vai ali e pega o esquadro. Esquadro é aquele negócio que parece a letra L. Assim, olha só. Legal. Obrigado. Tá, agora segura esse troço em cima da linha que você fez com o lápis. É assim que a gente deixa esse lado bem reto, viu? Tá bom, agora segura a tábua e deixa eu pregar. SEGURA DIREITO PORRA. Como é que eu vou pregar se você fica balançando o negócio desse jeito? Segura direito. Confere de novo com o esquadro. Certo, tá reto? Agora segura direito. Segura. Tá bom. É isso aí. Por que você tá tremendo? Não tem nada de mais, você só teve que segurar um pedacinho de madeira bem reto por dois minutos e agora vai dar um chilique? Para com isso agora. Para. Mandei parar. Agora se acalma. Você gosta de me ajudar com o pátio, né? Pensa aí que quando a gente terminar vamos poder ficar sentados aqui com uns drinques, bebendo os drinques com aqueles babacas do outro lado da rua se cagando de inveja. Roxos de inveja. Fujam da ira que está para vir, moleque, fujam da ira que está para vir. He he.

C:

Ei filho vem aqui um minuto. A gente precisa ter uma conversinha. Você tá ficando pálido. Por que você sempre fica pálido quando a gente tem uma conversinha? Você é *delicado*? É uma florzinha delicada? Mas de jeito nenhum, você é um *homem*, filho, ou algum dia vai ser, se Deus quiser. Só que você precisa fazer isso direito. É sobre isso que eu quero conversar. Agora larga esse gibi, vem cá e senta do meu lado. Senta bem aqui. Fica bem confortável. Você tá confortável? Ótimo. Filho, quero conversar com você sobre seus hábitos pessoais. Seus hábitos pessoais. A gente nunca conversou sobre seus hábitos pessoais e chegou a hora. Ando de olho em você, garoto. Seus hábitos pessoais são admiráveis. São mesmo. São muito admiráveis. Gosto do jeito que você cuida do seu quarto. Você mantém o quarto bem limpo, filho, preciso admitir. E gosto do jeito que você cuida dos dentes. Escova direitinho, na direção certa, e escova *bastante*. Você vai ter boas gengivas, garoto, gengivas boas e saudáveis. A gente não vai ter que gastar dinheiro pra arrumar seus dentes, sua mãe e eu, e isso é uma bênção e a gente agradece. E você tá sempre limpo, moleque, roupas passadas, mãos limpas, cara limpa, joelhos limpos, é assim que se faz, assim que faz. Só tem uma coisinha, filho, uma coisinha que me deixa cabreiro. Ando refletindo sobre o assunto e não consigo mesmo entender. Por que você passa tanto tempo lavando as mãos, garoto? Ando de olho em você. Depois do café da manhã você passa uma hora lavando as mãos. Depois vai lavar de novo perto das dez e meia, dez e quarenta, mais uns 15 minutos lavando as mãos. Daí um pouco antes do almoço, talvez mais uma meia hora lavando as mãos. Daí depois do almoço, às vezes uma hora, às vezes menos, varia. Tenho percebido. Daí no meio da tarde você volta pro banheiro e lava as mãos. Daí antes da janta e depois da janta e antes de ir pra cama e às vezes você levanta no meio da noite e entra no banheiro e lava as mãos. Dava até pra achar que você entra lá pra ficar mexendo no pintinho, no seu pintinho, mas você é meio novo pra andar mexendo no pintinho e além do mais você deixa a porta aberta, a maioria dos garotos fecha a porta quando entra no banheiro pra mexer no pintinho mas você deixa aberta. Daí eu vejo você lá dentro e vejo o que você tá fazendo, você fica lavando as mãos. E eu tenho anotado tudo e filho, você passa uns três quartos de todo o tempo que fica acordado *lavando as mãos*. E eu acho que tem alguma coisa um pouquinho *estranha* nisso daí, filho. Não é natural. Aí o que eu quero saber é isso, por que você passa tanto tempo lavando as mãos, filho? Pode me contar? Hein? Pode me dar uma explicação racional? E aí, pode? Hein? Tem alguma coisa a dizer sobre esse assunto? E aí, qual o problema? Você só fica aí sentado. Anda, filho, o que você tem a dizer? Qual a explicação? Olha, não vai adiantar nada você começar a chorar, filho, isso não adianta nada. Tá bom, garoto, para de chorar. *Eu mandei parar!* Você vai apanhar, garoto, se não parar com o choro. Agora chega disso. Já. Chega disso. Mas que bebezão. Para com isso, garoto, se controla. Agora vai lavar o rosto e volta pra cá. Quero conversar mais um pouco com você. Lava o rosto, mas não faz aquela outra coisa. Agora vai pra lá e volta pra cá rapidinho. Quero conversar com você sobre essa coisa de ficar batendo a cabeça. Filho, você continua batendo a cabeça na parede antes de pegar no sono. Não gosto disso. Você é velho demais pra esse negócio. E me perturba. Dá pra ouvir você ali dentro quando vai pra cama, tump tump tump tump tump tump tump tump tump. Perturba. É monótono. É um som muito perturbador. Não gosto. Não gosto de ficar ouvindo. Quero que você pare. Quero que você se controle. Não gosto de ouvir esse barulho quando tô sentado aqui tentando ler o jornal ou fazendo qualquer outra coisa, não gosto de ouvir e incomoda sua mãe. Ela fica toda aflita e eu não gosto que sua mãe fique toda aflita só por sua causa. Tump tump tump tump tump tump tump tump, que história é essa, garoto, por acaso você é um bicho? Não dá pra entender você, garoto. Não dá pra entender mesmo, tump tump tump tump tump tump tump. Num machuca? Num machuca a cabeça? Tá, agora esquece isso. Entra lá e lava o rosto, e daí volta pra cá e a gente conversa mais. E não faz aquela outra coisa, só lava o rosto. Vou dar três minutos.

Pais são como blocos de mármore, cubos gigantes, muito polidos, com veias e fendas, plantados no caminho. Eles bloqueiam o caminho. Não podem ser escalados, nem passados de esguelha. Eles são o "passado", e muito provavelmente a esguelha, se pensarmos na esguelha como aquela manobra adaptativa que realizamos para passar despercebidos ou escapar ilesos. Quem tenta dar a volta descobre que outro (piscando para o primeiro) apareceu misteriosamente de través na trilha. Ou talvez seja o mesmo, se movendo com a rapidez da paternidade. Confira bem cor e textura. Esse gigantesco bloco quadrado de mármore é similar em cor e textura a uma fatia de rosbife cru? A tez do seu próprio pai! Não tente tirar muitas conclusões a partir disso; as óbvias bastam e são corretas. Alguns pais, os padres, gostam de se vestir com batinas negras e sair dispensando sacramentos, adicionando às batinas negras casula, estola e alva, em ordem inversa. Desses "pais" não falarei, exceto para elogiar sua falta de ambição e seu sacrifício, especialmente o sacrifício do "privilégio de franquia", ou privilégio de batizar com o próprio nome a criança mais velha do sexo masculino: Franklin Edward A'albiel, Jr. De todos os pais possíveis, o pai colmilhudo é o menos desejável. Caso você consiga laçar uma das presas e enrolar rapidamente a outra ponta em torno da protuberância da sela, e caso a montaria seja um cavalo treinado e saiba o que fazer, como plantar as patas dianteiras e então recuar com passinhos nervosos, mantendo o laço retesado, terá alguma chance. Não tente laçar ambas as presas ao mesmo tempo; concentre-se na presa direita. Faça isso presa por presa e então estará a salvo, ou quase isso. Vi algumas presas de 15 centímetros, velhas e amareladas, obtidas dessa forma, e certa vez, num museu baleeiro de uma cidade portuária, encontrei uma presa de trinta centímetros, erroneamente identificada como a presa de uma morsa. Mas a reconheci imediatamente como a presa de um pai, possuidora de uma peculiar raiz com seis pontas. Dou graças por nunca ter encontrado esse pai...

Se o nome do seu pai for Hiram ou Saul, fuja para os bosques. Pois estes são nomes de reis, e seu pai Hiram ou seu pai Saul não será um rei, mas conservará em lugares ocultos do corpo a memória da realeza. E não existe alguém mais cruel e carrancudo do que um ex-rei ou uma pessoa que abriga nos canais obscuros do próprio corpo a memória da realeza. Pais assim batizados tratam suas casas como Camelots e amigos e parentes como cortesãos, prontos a ascenderem ou despencarem na hierarquia ao sabor de cismas e caprichos de sua inconstância mental. E ninguém jamais saberá ao certo se ele está "bem" ou "mal" em um dado momento; é como se fosse uma pena, flutuando, sem base sólida. Da fúria do pai-rei falarei mais tarde, mas compreenda que pais chamados Hiram, Saul, Carlos, Francisco ou Jorge se enfurecem (quando se enfurecem) exatamente da mesma forma que seus homônimos dourados e nobres. Fuja para os bosques em tais momentos, ou ainda mais cedo, antes que a cimitarra ou o iatagã sejam desembainhados para demonstrar sua força. A atitude correta perante esses pais é a do lacaio, capacho, lambe-botas, turibulário, pelego ou puxa-saco. Quando não for possível escapar para as árvores, ajoelhe-se e permaneça ali embaixo, apoiado em um dos joelhos com a cabeça prostrada e as mãos unidas, até o amanhecer. A essa altura ele provavelmente deve ter adormecido de tanto beber e você poderá escapulir em busca do leito (se é que não foi tirado de você) ou, se estiver com fome, aproximar-se da mesa e ver o que restou por ali, a menos que o cozinheiro sempre muito eficiente tenha coberto tudo com plástico transparente e depois guardado. Neste caso você pode chupar o dedo.

Cores de pais: o pai castanho é quase sempre digno de confiança, seja ele baio, alazão ou zaino. Ele é útil (1) em negociações entre tribos em guerra, (2) como apanhador de rebites incandescentes quando se está construindo uma ponte, (3) para selecionar possíveis bispos para o Sínodo de Bispos, (4) no assento de copiloto, e (5) para carregar um dos cantos de um espelho de 18 metros quadrados pelas ruas da cidade. Pais pardos tendem a recuar diante de obstáculos, de modo que um pai desta cor não é desejável porque a vida, em certo sentido, não passa de uma série de obstáculos, e seus constantes recuos destroçarão os nervos de qualquer um. O pai cor de pinhão tem fama de decência e bom senso; se Deus lhe ordenar que pegue uma faca e com ela degole o pescoço do filho, ele provavelmente dirá "Não, obrigado". O pai palomino pedirá uma segunda opinião. O pai camurça virará o rosto para o leste, onde outra cerimônia, com danças mais interessantes, está sendo celebrada. Pais isabéis são facilmente excitáveis e na maioria das vezes costumam ser empregados onde se deseja uma multidão ou turba, como em coroações, linchamentos e quejandos. O pai isabel-claro, que brilha, é uma exceção: ele se contenta com o próprio brilho, com o próprio nome (John) e com sua afiliação vitalícia aos Cavaleiros do Império Invisível. Em assassinatos fracassados, muitas vezes o assassino será um pai isabel-escuro que se esqueceu de retirar a tampa da lente da mira telescópica. O pai ruço conhece a Lei e suas promessas frustradas, e é capaz de ajudar o filho nos projetos mais sombrios, como explicar por que um pai ruço às vezes tem uma faixa negra ao longo da espinha, indo da crina à raiz da cauda: isso se dá porque ele tem empreendido uma busca libidinosa pela Beleza e se acredita mais belo com a faixa negra, que realça maravilhosamente sua cor tordilha, do que sem ela. Pais cardões, pais andorinos, pais lobunos e pais argila se destacam bastante pela indecência, e isso deve ser encorajado, pois este é um sacramento que não costuma resultar em paternidade; a indecência é sua própria recompensa. Estorninhos, tigrados, pigarços, marchanos e Appaloosas possuem uma dignidade gentil proveniente de sua inferioridade e excelente olfato. A cor de um pai não é um guia absoluto para seu caráter e sua conduta mas tende a ser uma profecia autorrealizável, porque ao enxergar a própria cor esse pai sai às pressas para o mundo para vender mais bens e serviços, de modo a não perder o compasso de seu destino.

Pais embalando: quando um pai se torna pai de filhas, nossas vidas se tornam mais fáceis. Filhas se prestam a serem embaladas no joelho, e muitas vezes isso é feito até que completem 17 ou 18 anos. Aqui, deve ser encarado o risco de o pai querer dormir com a bela filha, que afinal de contas é *sua* de um modo que nem mesmo sua esposa é sua, de um modo que nem mesmo sua amante mais deliciosa é sua. Alguns pais se limitam a dizer "Publique e se dane!" e então seguem em frente, dormindo com as filhas dotadas de uma sexualidade nova e fantástica, e aceitam quaisquer angústias acumuladas em seguida; a maioria não faz isso. A maioria dos pais tem disciplina suficiente nesse tema, por conta de amarras mentais, de modo que a questão nunca vem à tona. Quando pais estão instruindo as filhas sobre "saúde" (isto é, conversando com elas a respeito do processo reprodutivo) (mas na minha experiência isso é normalmente feito pelas mães), é verdade que um toque sutil de desejo pode estar colorindo de leve a situação (quando você está abraçando e beijando a mulherzinha sentada no seu colo é difícil saber quando parar, é difícil não seguir em frente como se ela fosse uma mulher maior com quem você não tem nenhuma relação de sangue). Mas na maioria dos casos se observa o tabu e quaisquer restrições adicionais que porventura sejam impostas, como "Mary, nunca permita que aquele safado do John Wilkes Booth encoste um dedo em seu seio desnudo, branco e jovem". Ainda que na era moderna alguns pais estejam avançando rapidamente na direção oposta, rumo ao futuro, dizendo, "Tome, Mary, aqui está seu tonel azul com duzentos litros de espuma matadora de bebês, com suas iniciais carimbadas num tom mais escuro de azul, viu? ali no topo". Mas a coisa mais importante sobre pais de filhas é que, enquanto pais, eles não contam. Não para as filhas, não é isso que estou dizendo - já ouvi filhas contando histórias de calcinar os cabelos -, mas para si mesmos. Pais de filhas se enxergam como *hors concours* na grande exposição, e isso é um grande alívio. Não precisam ensinar a lançar o dardo. Assim sendo, tendem a exercer um controle mais ameno e delicado (ao mesmo tempo em que se apossam com mãos de ferro de todas as prerrogativas ardorosas conferidas por qualquer tipo de paternidade - um exemplo é o uso da bofetada como sistema de orientação). Falar mais do que isso a respeito dos pais de filhas estaria além da minha capacidade, ainda que eu seja pai de uma filha.

Uma reprimenda: "Aquele que da iniquidade o logro dentro de si abrigar e com a iniquidade se comprouver e em desordem caminhar e a vãs altercações se voltar e um raptor e um mentiroso e um dissimulado se tornar e à fúria e à incerteza se abandonar e ingrato se mostrar e a si mesmo amar e com tolas e ignorantes questões a cizânia engendrar e em casas se infiltrar e néscias mulheres com toda sorte de devassidão perverter e malignas coisas inventar e a polêmica abraçar e a calúnia promover e com imprecações e amargura a boca encher e da garganta aberto sepulcro fizer e sob os lábios das víboras o veneno trouxer e se vangloriar e a esperança sabotar e na fé fraquejar e com sua promiscuidade a terra poluir e santas coisas profanar e minhas santas coisas desprezar e a fornicação perpetrar e zombar e a si mesmo com crua argamassa emplastrar, e aquela que, sendo mulher, até os assírios viajar para ali ter manipulados os seios por amantes de azul vestidos, capitães e governantes, jovens encantadores, montados a cavalo, montados a cavalo sobre ela se deitando e sua nudez descobrindo e os seios de sua virgindade maculando e fornicações vertendo, e tiver se deixado seduzir pelos capitães e magnificamente vestidos governantes, montados a cavalo, com cinturões sobre as partes baixas, e fornicações proliferar com os amantes ilícitos cuja carne é como a carne dos jumentos e cuja emissão é como a emissão dos cavalos, grandes senhores e governantes de azul vestidos e em cavalos montados: que este homem e esta mulher, digo eu, com embriaguez e aflição se preencham como uma panela toda enferrujada e cuja ferrugem não sai e sob a qual se amontoa a lenha com a qual se alimenta o lume e se acende o fogo e a panela é temperada e os ossos queimados e a panela vazia é deitada sobre o carvão para que o metal permaneça quente e possa queimar e que sua imundície se derreta, e que a ferrugem se consuma, pois vos fatigastes com mentiras e vossa imensa ferrugem de vós não saiu, vossa ferrugem deverá ir ao fogo e afastarei o desejo de vossos olhos. Não lembrais que ainda estando convosco eu vos dirigi estas palavras?"

Existem 22 tipos de pais, dos quais apenas 19 são importantes. O pai drogado não é importante. O pai leonino (raro) não é importante. O Santo Padre não é importante para nossos fins. Existe um certo pai que está despencando das alturas, com os pés onde deveria estar a cabeça e a cabeça onde deveriam estar os pés. O pai em queda tem um sentido solene para todos nós. O vento agita o cabelo em todas as direções. As bochechas tremulam até quase encostar nas orelhas. A vestimenta está em farrapos, deixando tudo à mostra. Este pai tem o poder de curar mordidas de cães raivosos e o poder de coreografar taxas de juros. Em que ele pensa durante a queda? Está pensando sobre extravagância emocional. O movimento romântico e seu uso abusivo do sensacional, do mórbido, do oculto, do erótico! O pai em queda percebeu tendências românticas em vários filhos seus. Os filhos começaram a usar fatias de bacon cru nos gorros e a protestar contra taxas de juros. Depois de tudo que o pai fez por eles! Tantas bicicletas! Tantos *gardes-bébés*! Guitarras sem conta! Em queda, o pai em queda arquiteta uma punição férrea, decidido a não cair mais no erro da compaixão irresponsável. Também está pensando em seu progresso ascendente, que não parece ir muito bem no momento. Só existe uma coisa a fazer: trabalhar mais! Ele decide que se for capaz de impedir o "declínio" em que parece se encontrar, vai redobrar os esforços, dar mesmo tudo de si desta vez. O pai em queda é importante por personificar a "ética do trabalho", que é uma burrice. A "ética do medo" deveria tomar seu lugar assim que possível. Enquanto fitamos o céu para contemplar sua descida sem fim, vamos simplesmente dar de ombros, desmontar a cama elástica com a qual tentaríamos resgatá-lo e guardá-la novamente sobre as vigas da garagem.

Para encontrar um pai perdido: o primeiro problema de encontrar um pai perdido é perdê-lo de uma vez por todas. Muitas vezes ele sairá vagando de casa e se perderá. Muitas vezes ele permanecerá em casa mas ainda estará "perdido" em todas as acepções genuínas do termo, trancado dentro de um quarto do segundo andar, ou dentro de uma oficina, ou na contemplação da beleza, ou na contemplação de uma vida secreta. Toda noite ele pode pegar a bengala com extremidade de ouro, envolver-se no manto e partir, deixando para trás, na mesinha de centro, uma sacola lacrada de lavanderia com o endereço de onde ele pode ser encontrado em caso de guerra. A guerra, como se sabe, é um lugar em que muitos pais se perdem, às vezes temporariamente, às vezes para sempre. Pais se perdem com frequência em tipos variados de expedições (a jornada para o interior). Os cinco melhores lugares para procurar esse tipo de pai perdido são Nepal, Terra de Rupert, Monte Elbrus, Paris e a ágora. Os cinco tipos de vegetação em que pais mais costumam se perder são floresta acicufoliada, floresta latifoliada sobretudo perene, floresta latifoliada sobretudo decídua, floresta mista acicufoliada e latifoliada e tundra. Os cinco tipos de coisas que pais vestiam ao serem vistos pela última vez são cafetãs, jaquetas de safári, parcas, uniformes confederados e ternos executivos comuns. Armado enfim com essas pistas você pode colocar um anúncio no jornal: *Perdido em Paris em ou por volta de 24 de fevereiro um pai amante de latifólias, 1,88m, vestindo um cafetã azul, pode estar armado e oferece perigo, não temos certeza, respostas para o nome Velha Nogueira. Recompensa.* Ao completar esse exercício fútil você então fica livre para pensar no que realmente importa. Quer mesmo encontrar esse pai? E se ao ser encontrado ele falar com você no mesmo tom que usava antes de se perder? Será que voltará a cravar pregos em sua mãe, nos cotovelos e na dobra do joelho? Lembre-se da azagaia. Você tem algum motivo para crer que ele não voltará a singrar zunindo o ar das sete da noite? Estamos tentando determinar algo simples: você quer viver sob quais condições? Sim, ele "gira nervoso a haste do cálice de vinho". Você deseja vê-lo fazendo isso no quarto final do presente século? Acho que não. Que ele leve esses maneirismos, e tudo o que representam, para Bornéu, serão uma novidade em Bornéu. Talvez em Bornéu ele também gire nervoso a haste do etc., mas por lá não terá coragem suficiente para produzir a explosão que isso sinaliza. Jogar o assado pelo espelho. Enfiar um arroto do tamanho de um guarda-chuva aberto no meio de algo que alguém está tentando falar. Bater em você, tanto com um chicote de couro cru molhado ou com um cinto comum. Ignore aquela cadeira vazia na cabeceira da mesa. Dê graças.

Sobre o resgate de pais: Ah eles talharam ele sem dó, talharam ele com machados e talharam ele com serras de cortar metais, mas eu e meus homens chegamos rápido, a coisa não foi tão feia quanto poderia ter sido, primeiro jogamos granadas de fumaça de várias cores, amarelas e azuis e verdes, rendeu um bom susto mas eles não queriam desistir, aí mandaram uns morteiros de 81mm pra cima da gente e ao mesmo tempo seguiram talhando ele. Mandei alguns dos rapazes flanquearem pela esquerda mas eles tinham botado um pessoal por ali pra evitar justamente isso e meus homens começaram a trocar tiros com a patrulha de apoio deles, o único jeito de resolver era com um ataque frontal e foi isso mesmo que a gente fez, pelo menos deu pra diminuir a pressão em cima dele, eles não tinham como seguir talhando e lidar com o nosso ataque ao mesmo tempo. Acabamos com a raça deles, pode apostar, eles recuaram pela esquerda e se uniram com o outro pessoal que estava por lá, meus flanqueadores suspenderam o contato, como eu tinha instruído, e deixamos eles baterem em retirada sem serem perseguidos. A gente se saiu muito bem, uns poucos feridos mas foi só isso. Na mesma hora cuidamos de botar ataduras nos lugares talhados, umas feridas imensas e sanguinolentas, mas nossos médicos eram muitos bons, deram toda atenção pra ele, que não reclamou nem emitiu som nenhum, não deu nem um gemido, sinal algum. Isso foi no braço direito, um pouco acima do cotovelo, deixamos umas estacas ali por uns dias até o braço começar a cicatrizar, acho que foi um resgate bem-sucedido, voltamos pras nossas casas pra esperar a próxima vez. Acho que foi um resgate bem-sucedido. Foi um resgate satisfatório.

Daí atacaram ele com lutadores de sumô, uns gordos gigantescos vestidos com tangas. Contra-atacamos com ladrões de tanga - alguns dos nossos melhores ladrões de tanga. Fomos bem-sucedidos. Os cem gordos nus fugiram. Resgatei ele de novo. Daí cantamos "Genevieve, Oh, Genevieve". Todos os sargentos se reuniram diante da varanda e cantaram, e alguns praças também - alguns praças que estavam com a unidade fazia um bom tempo. Cantaram ao crepúsculo, com uma pilha de tangas úmidas sendo consumidas por labaredas ao fundo, um pouco mais à esquerda. Quando você resgata um pai de qualquer ameaça terrível, sente por um instante que o pai é você e não ele. Por um instante. Este é o único momento da sua vida em que você vai se sentir desse jeito.

Os órgãos sexuais dos pais: os pênis dos pais ficam tradicionalmente escondidos da visão de quem não está apto a "fazer parte do clube", como dizem por aí. Esses pênis são mágicos, mas não na maioria do tempo. Na maioria do tempo ficam "em repouso". Na posição "em repouso" eles são pequenos, quase murchos, e facilmente ocultáveis em roupas de carpinteiro, chaparreiras, trajes de banho ou roupas comuns. Na verdade, nesse estado eles não se parecem com nada que dê vontade de mostrar para alguém, parecem cogumelos ou, talvez, lesmas grandes. A magia, nessas horas, reside em outras partes do pai (pontas dos dedos, braço direito) e não no pênis. Às vezes uma criança, em geral uma filha ousada de 6 anos, pedirá permissão para vê-lo. Esse pedido deve ser concedido uma única vez. Mas apenas no início da manhã, quando você estiver na cama, e apenas quando uma ereção matinal não estiver presente. Sim, deixe-a tocá-lo (de leve, é claro), mas brevemente. Não permita que ela se demore ou fique interessada demais. Seja prosaico, gentil e nada dramático. Finja, naquele momento, que se trata de algo tão mundano quanto um dedão do pé. E então calmamente, sem a menor pressa, volte a cobri-lo. Lembre-se de que ela tem permissão para "tocar", não para "segurar"; essa distinção é importante. No caso de filhos você deve ser sensato. É imprudente (bem como desnecessário) aterrorizá-los; você tem muitas outras maneiras de fazer isso. Cancro sifilítico é um bom motivo para não fazer nada disso. Quando os pênis dos pais se encontram semieretos, estimulados por alguma observação erótica qualquer, como o vislumbre de um casco feminino atraente desprovido de sapatilha, sorrisos cúmplices devem ser trocados com os outros pais presentes (melhor: meios sorrisos) e o assunto deve ser deixado de lado. A semiereção é um meio-termo, como bem sabia Aristóteles; por isso a maior parte dos pênis em museus foram liquidados a golpes de malho. Os artífices originais não suportavam a ideia da desaprovação de Aristóteles e mutilavam o próprio trabalho para não se tornarem merecedores do escárnio do grande peripatético. O conceito de que essa mutilação foi obra de "esquadrões higiênicos" posteriores (cristãos) é falsa, pura lenda. A questão sucedeu como acabo de expor. O pênis excitado, enfurecido, inteiramente ereto, deve ser exibido somente para quem o excitou, para os lábios dele ou dela, para o beijo de melhoras. Muitas outras coisas podem ser feitas com os pênis dos pais, mas já foram descritas adequadamente por outras pessoas. Os pênis dos pais são superiores em tudo aos pênis dos não pais, não por conta de tamanho ou peso ou qualquer estimativa desse quilate, mas por conta de uma "responsabilidade" metafísica. Isso vale inclusive para pais medíocres, maus ou insanos. Artefatos africanos refletem essa situação especial. Artefatos pré-colombianos, em sua maior parte, não.

Nomes de pais: Pais se chamam

Badgal

Bagata

Balberith

Baldwin

Balthial

Basus

Bathor

Bat Qol

Bealphares

Beli

Beto

Bétulo

Biguá

Binah

Biqu

Blaef

Blake

Bludon

Boamiel

Bodiel

Boi
Bualu
Buhair
Butator
Byleth

Conheci um pai chamado Yamos que era proprietário da arena de rinhas de Southwark. Yamos era conhecido por ser um homem de princípios e jamais, jamais, jamais comeu nenhum dos filhos por mais dramática que fosse a situação financeira. Ainda assim os filhos, um por um, sumiram.

Vimos que, na paternidade, a ideia-chave é "responsabilidade". Em primeiro lugar, que nacos pesados de céu azul ou cinzento não despenquem e esmaguem nossos corpos, ou que a terra sólida não se torne uma cratera sob nossos pés (ainda que o pai escavador de túneis às vezes seja responsável, no mau sentido, por isso). A responsabilidade do pai é sobretudo não deixar que o filho morra, que comida suficiente seja enfiada em sua boca para que ele se sustente e que cobertores pesados o protejam do ar frio e cortante. O pai quase sempre encara essa responsabilidade com bravura e firmeza (exceto no caso de abusadores ou ladrões de crianças, capatazes de trabalho infantil ou crápulas devassos e doentes). Quase sempre o filho sobrevive, sobrevive e se torna um adulto normal e saudável. Que bom! O pai foi bem-sucedido na tarefa opressiva, muitas vezes ingrata, de manter o filho respirando. Bom trabalho, Sam, seu filho assumiu um lugar na tribo, tem um bom emprego vendendo termopares, casou-se com uma garota simpática de quem você gosta e a emprenhou de modo que ela sem dúvida produzirá em breve um novo filho. E não está preso. Mas percebeu a boca ligeiramente retorcida de Sam Filho ao olhar para você? Isso significa que ele não queria ter sido batizado de Sam Filho, em primeiro lugar, e em segundo e terceiro significa que ele tem uma escopeta de cano serrado na perna esquerda da calça e um gancho de feno na perna direita da calça, e está pronto para usar algum dos dois para matar você assim que a oportunidade surgir. O pai se espanta. Em tais confrontos, em geral, o que ele diz é "eu troquei suas fraldas, seu merdinha". Não é a coisa certa a se dizer. Em primeiro lugar, não é verdade (mães trocam nove dentre cada dez fraldas), e em segundo faz Sam Filho relembrar na mesma hora o motivo de sua raiva. Ele tem raiva de ter sido pequeno enquanto você era grande, mas não, não é isso, ele tem raiva de ter sido indefeso enquanto você era poderoso, mas não, não é isso também, ele tem raiva de ter sido contingente enquanto você era necessário, não é bem isso, ele está louco da vida porque enquanto ele o amava, você não percebia.

Morte de pais: quando um pai morre, sua paternidade é devolvida ao Pai-de-Todos, que é a soma reunida de todos os pais mortos. (Isso não define o Pai-de-Todos, é um mero aspecto do seu ser.) A paternidade é devolvida ao Pai-de-Todos, antes de mais nada, porque a ele pertence, e também para que seja negada a você. Essa categoria de transferência de poder desse tipo é marcada por cerimônias apropriadas; queimam-se cartolas. Agora sem pai, você deve lidar com a lembrança de um pai. Muitas vezes essa lembrança é mais potente que a presença viva de um pai, é uma voz interior emitindo ordens, arengas, sins e nãos - um código binário, sim não sim não sim não sim não, governando todos os seus movimentos, por menores que sejam, mentais ou físicos. Em que ponto você se torna quem você é? Nunca, inteiramente, você é sempre ele em parte. Essa posição privilegiada no ouvido interno do filho é o "privilégio" derradeiro do pai e nenhum deles jamais abriu mão disso.

Da mesma forma, a inveja é uma paixão inútil por se direcionar acima de tudo aos nossos iguais, e essa é a direção errada. Só existe uma inveja útil e importante, a inveja original.

Parricídio: o parricídio é uma má ideia, primeiro por ser contrário à lei e aos costumes, e segundo por demonstrar acima de qualquer dúvida que o pai estava correto em todas as acusações feitas contra você, que é um indivíduo inteiramente mau: um parricida! - membro de uma classe de pessoas universalmente desprezadas. Não há problemas em sentir o calor dessa emoção, desde que não seja levada a cabo. E não é necessário. Não é necessário abater o próprio pai, o tempo cuidará disso, é quase uma certeza. Sua verdadeira tarefa é outra.

Sua verdadeira tarefa, enquanto filho, é reproduzir todas as barbaridades tratadas neste manual, mas de forma atenuada. Você deve se transformar em seu pai, mas em uma versão mais pálida, mais fraca. As barbaridades fazem parte da tarefa, mas o estudo cuidadoso permitirá que você realize essa tarefa com menos competência do que anteriormente, avançando assim rumo a uma era dourada de decência, tranquilidade e febres mitigadas. Sua contribuição não será pequena, mas "pequeno" é um dos conceitos que deverão norteá-lo. Caso seu pai tenha sido capitão na Bateria D, contente-se então em ser cabo na mesma bateria. Não compareça às reuniões anuais. Não tome cerveja nem cante nas reuniões. Comece sussurrando, diante de um espelho, por meia hora todos os dias. Então amarre as mãos nas costas por meia hora todos os dias, ou consiga alguém para fazer isso por você. Então escolha uma de suas crenças mais arraigadas, como a crença de que suas honras e condecorações têm alguma relação com você, e a renegue. Amigos ajudarão você a renegá-la, e podem ser contatados por telefone caso você comece a fraquejar. Entenda o padrão, coloque-o em prática. *Esta geração pode, se não conquistar a paternidade, pelo menos "abrandá-la"* - com os esforços combinados de todos nós.

Parece um tanto severo, disse Julie quando acabaram de ler.

É parece mesmo um tanto severo, disse Thomas.

Ou talvez não seja severo o bastante?

Isso depende da experiência do indivíduo que formula o juízo, pode parecer severo demais ou severo de menos.

Odeio relativistas, ela disse, e jogou o livro no fogo.

18

Os solavancos da estrada. A poeira. O suor. As moças a conversar.

Quebrar os polegares.

A escolha é sua.

Dar uma volta.

Flocos de neve, por ecos, por rodamundos.

Direto na boca, com uma tábua.

A cesta inchando.

Sei disso.

Fome de perfeição e espírito indômito às vezes me lembram do lorde Baden-Powell.

Sei disso.

Tinha um recado?

Zumbido na bola direita.

Às vezes se esquece e exagera nos dentes.

Toma um. Vai se sentir melhor.

Qual é a motivação?

Suspeitei dele desde o início.

Na estreia de sua carreira agora em veloz declínio.

E nas casas mais pobres se torram nozes e farelos de cereais.

Couro esfarrapado e veludo azul gasto.

Onde um corpo pode explodir por aqui?

Com certas provocações o governo não conseguiu lidar.

Uma longa série de êxtases e outras experiências espirituais.

Ele ficou satisfeito.

Fora de si.

Algo vibrando na balança.

Tapa-sexo decorado com pele de macacos prateados.

Ele ficou satisfeito.

O importante é sentir.

Um gesto foi feito.

Você foi a segunda esposa?

Segunda ou terceira ele mentia demais.

Eu não duvidaria.

Os interesses da criança não foram protegidos.

Encha a cara de chiclete e mame a chupeta.

Andando de monociclo com um chapéu marrom.

Repugnância não me interessa.

Acho que ouvi um cão latindo.

Estendi a toalha amarela que ele então enfiou na calça.

Disso ninguém jamais morreu.

Foi puxando até passar dos quadris.

Às vezes com música e às vezes com conversa.

Retirando com um grito de triunfo uma galinha viva e intacta.

Ele não tem má aparência.

Percebi.

Não tínhamos como ser mais felizes.

Cabritos-monteses posando sobre os fichários com as patas frontais unidas.

O importante é sentir.

Como era a sala?

Cinza com teto branco.

Como era a sala?

Contraiu os ombros e caiu no choro.

Batas longas indo até o chão uma branco-amarelada e outra cor de camarão cozido.

Algo vibrando na balança.

Contente em mamar um dedão preto.

Solicitei mais tempo para exibir os documentos perante eles.

Agradeci a negra imensa e me afastei.

Teria mijado noutro lugar bem distante se na época valessem as convenções de hoje.

Ela está cuidando das próprias entranhas.

Ele disse eu respeitava você quando você era mais jovem.

É normal em violoncelistas.

Para o aniversário dela arranjei uma cravelha Rostropovich.

Ela demonstrou gratidão, piscou três vezes.

Mãe.

Circuitos impressos reimprimindo a si mesmos.

Você mostrou a sua para ele?

Simulei um tom brusco mas amistoso.

Talvez com medo de que ela deixasse cair.

Talvez com medo.

Acertei bem no meio das omoplatas.

Tais combinações deram origem a monstros em tempos antigos.

Eu não sou assim.

Acordar em uma noite escura com um pau enfiado no olho.

Assunto meu.

Enfrentado com uma demonstração encantadora de aversão exigente.

Assunto meu.

Anos não livres de marcas hediondas.

Um fracasso a carta mas enviei assim mesmo.

Opinião sua.

Fato. Opinião minha.

Acertei criatura semipeluda de cara amassada.

Mãe.

Perguntou se eu queria jogar. Notei que todas as peças eram negras.

Li a respeito no *Le Monde*.

Ele não faz ideia do que vem por aí.

Remetente da chuva doce.

Faz o milho estourar.

A imprensa burguesa contou histórias.

O garçom incrivelmente atraente está ouvindo com atenção.

Papel-carbono o tempo todo sob a toalha de mesa.

Entrelaça as correias reforçadas.

Dizem que come os próprios filhos.

Os lábios vermelhos dela encostados no osso do meu nariz.

Posso dificultar as coisas para você.

Qual é o seu totem?

O cartão de crédito.

Quando você for uma pessoa idosa e morar num quartinho pequeno mas arrumado e não tiver címbalo algum eles tiraram os címbalos de você.

É uma endecha não uma dança.

Parar de mesquinharia, parar de se esfaquear pelas costas.

Não perde tempo em chamar outra mulher de bonita.

Distinta influência negativa absoluta.

E nunca o faz se não for verdade.

Na esperança de que esta a encontre em boa hora.

Alguns usam saliva de camelo.

Dentes em sonhos se esfacelando como malacacheta.

Gostam de mamar.

Gostam mesmo de mamar.

Sentar nos degraus e assistir aos pneus dos carros rachando.

Vergonha, que fez de tantos de nós saguis.

Mandris observando de longe com seus olhos límpidos e inteligentes.

Muito ocupada com as preparações.

Apela ao idealismo.

Vendeiros usando cintos de pistola.

É perfeitamente óbvio.

Fiquei abismada ao descobrir que sua urina dourada tem uma faixa roxa.

Não tem mistério.

Algumas cabeças decepadas cravadas em estacas ao longo da trilha.

Tubos polidos carregados por alguns dos homens.

Não sei se entendi quais são os problemas.

Quartetos de cordas não marcham muito bem.

Bater a calça até virarem espuma branca.

Eu não tinha nenhuma vontade especial de participar, mas em última análise me pareceu importante.

Não é errado ter crítica.

A meio passo do escândalo.

Tem um efeito gradualmente descendente no cérebro.

Corou como um cão azul.

Sim, depois da guerra. Não nego.

Você deve ter estudado nosso idioma.

É um jeito de ver as coisas.

Manda um sinal de fumaça quando tiver um tempo.

Nunca peguei o jeito.

Ele é um excelente pianista.

Nós o lembramos disso sempre que temos chance.

Atirando os capelos para o alto.

As surras foram há muito tempo e nada irregulares.

Podiam ter usado um caminhão ou cavalos.

Opinião sua.

O filho da puta.

Opinião sua.

Um modo elegante de dispor cadeiras aqui e ali.

Não me parece tão elegante assim.

Caminha placidamente absorta nos próprios pensamentos.

Lembrando, abandonando, retornando, ficando.

Encarar as partes separadamente.

Uma vista explodida, como dizem.

Chá no gramado então.

No gramado!

Vilões da direita, heróis da esquerda.

Quando ele voltou a conviver com eles não conseguia deixar de relembrar o que tinha visto.

Um cérebro fervido e outro queimado.

Milhões de pássaros aceitaram.

Escurecendo os céus sobre os caminhantes.

O mais importante é se mexer.

Sol brilhando sobre a neve no lado de fora.

Posso comer uma boa refeição olhando para a rua.

Comigo você está a salvo.

Às vezes um ou dois quadros em um museu.

Às vezes.

Quartos de hotel não me incomodam.

Soldados, cavalos, camponeses, garotas nuas.

Tocando violão.

Ele toca muito bem.

Centenas de pessoas agachadas em um imenso semicírculo.

Atirando os capelos para o alto.

O filho da puta.

Controle é o tema.

Acabou com eles em dois toques.

É uma ameaça?

Um alojamento imenso em péssimas condições.

Extraindo restos de títulos municipais.

O número dela tinha todo o jeito de ser falso.

Porque os povos do mundo estão sufocando.

Crianças mortas encontradas por pescadores em suas redes.

Garoto-Coágulo, Garoto-Cântaro, todos os heróis do passado.

O meio-dia surpreende tanto quanto o crepúsculo.

Dizem por aí que ele usava sapatos com salto embutido.

Escrevia coisas nela com giz colorido.

Os olhos dela pareciam analisar o grupo com um interesse furtivo mas sincero.

Mais doente que o próprio Pascal na opinião de alguns.

Bebendo vodca em copos de papel.

A imaginação dela correu solta.

Até eu gostei da vaga lembrança.

Flertando com o desastre.

Que histórias ela está contando para si mesma?

Ele afirmou ter uma tábua no peito.

Dr. Margaux corrigiu o que o dr. Elias não conseguiu.

Às vezes com música e às vezes com conversa.

O violoncelo encostado na parede.

Coma um pouco.

O que é?

Batata.

Obrigada.

Estendi a toalha amarela que ele então enfiou na calça.

Solicitei mais tempo para exibir os documentos perante eles.

Uma coisa que ele fez por amor a mim.

Vai mostrar para ele?

Horas pensando nessa posição imagino.

Exceto ratos e insetos, caruchos e esquilos.

Notei um rapaz alto falando com seu marido.

Acertei bem no meio das omoplatas.

Psicologicamente exasperador.

Quando tento conversar a respeito ela muda de assunto, boceja ou dá um sorriso amarelo.

Partes heroicas por todo canto.

Acabou com eles em dois toques.

Coça o traseiro, belos tornozelos.

Algo mais dessa natureza?

Pendurada por um fio.

Tinha um homem caminhando sobre carros.

Que jeito de salvar a situação.

Casos de amor genuínos de caráter vitalício.

Algo mais dessa natureza?

Acordar em uma noite escura com um papão enfiado no olho.

Conversamos.

Sobre o quê?

Assunto meu.

Então ele deve ter consideração por você.

Uma série de experimentos fracassados.

Você se saiu bem em circunstâncias difíceis.

Animais nos quais o cérebro estrangula o esôfago.

Anos não livres de marcas hediondas.

Evitei de propósito me apossar das informações supracitadas.

E quando não ríspido, arrogante.

Um fracasso a carta mas enviei assim mesmo.

É maravilhoso e ainda diminui a população carcerária.

Foi uma surpresa encontrá-lo neste bar em especial.

Bem jovem ele.

Partes heroicas por todo canto.

Muitas conectadas por laços legais ou emocionais.

Fita calmamente algo a uma grande distância.

Batendo as bolas por nós.

Toma um se quiser se animar.

Uma cavilha enterrada no concreto, ele tropeçou.

Diques coalhados de flores graciosas, heliotrópios.

Não sei se entendi quais são os problemas.

Quer chocolate ou morango?

Morango.

Morango é melhor.

Opinião sua.

Resolva de um jeito ou de outro.

A pressão tem aumentado constantemente.

Opinião sua.

Suas mãos, sua língua.

Onde você quer?

Um modo elegante de dispor sirenes de alarme.

Não me parece tão elegante assim.

Abençoai-me, padre, porque pequei.

Montando cavalos de duas pernas.

Mancando rumo ao futuro.

Recusado efusivamente por todos os lados.

Fileira após fileira de soldados de madeira marchando por um portal baixo. Tiveram as cabeças arrancadas.

Eu e você já conversamos sobre isso.

Foi trazido e colocado diante dele por quatro homens fortes um bife adequadamente cozido sobre as chamas.

Tem só uma coisinha uma regra bem simples.

Encarando os entes queridos com ódio.

Participar dessa festa ao ar livre.

Onde um corpo pode tomar um pop por aqui?

Todos ficaram bem entusiasmados.

É um eterno burro de carga de ideias irrequietas.

Ele não tem má aparência.

A rena, cara, e uns flocos de neve também.

Arranca um pouco de carne do próprio peito e coloca dentro de um pão.

Comigo você está a salvo.

Se é nisso que você acredita, está enganado.

Aparência abatida, barbas desgrenhadas, zumbido nos ouvidos, velhos, enrugados, hostis, muito incomodados com o vento.

Todos estão bem entusiasmados.

Escurecendo os céus sobre os caminhantes.

Vasculhando diários e recordações em busca de pistas sobre o passado.

Muita gente esconde habilmente o que sente.

Sem chegar a lugar nenhum sem fazer nenhum progresso.

Deus talvez me surpreenda.

Sol brilhando sobre a neve no lado de fora.

O meio-dia surpreende tanto quanto o crepúsculo.

Sempre haverá outra chance no dia seguinte.

Na esperança de que esta a encontre em boa hora.

Moedas antigas, estátuas, papiros, editos, manuscritos.

Tempo frio chegando e depois o quente.

Sem chegar a lugar nenhum sem fazer nenhum progresso.

Controle é o tema.

Isso e estardalhaço.

Foto...

19

Nove horas?

Dez horas.

Às dez preciso conferir se os homens estão na cama. Onze?

Acho que pode ser às onze. Deixa eu conferir no livro.

Ela conferiu o livro.

Onze horas então, ela disse, tomando nota no livro. Sob as árvores?

Sob as estrelas, disse Thomas.

As árvores, disse Julie, parece que vai chover.

Se não chover, as estrelas, disse Thomas. Se chover, as árvores.

Ou a sebe, disse Julie. Molhada, pingando. Em decomposição.

Qual é o combinando?, perguntou o Pai Morto. Seria uma partilha?

Nada, disse Julie. Nada que deva preocupar sua alma querida e antiga.

O Pai Morto se atirou no chão.

Mas eu devia ficar com tudo! Eu! Para mim! Comigo! Eu sou o Pai! Meu! Sempre foi e sempre vai ser! De quem fluem todas as bênçãos! Para quem fluem todas as bênçãos! Para sempre e sempre e todo o sempre! Amém! *Beatissime Pater*!

Ele está comendo terra de novo, Julie comentou. Era de imaginar que se cansaria disso.

Thomas começou a cantar, com uma bela voz.

O Pai Morto parou de mastigar terra.

Dessa eu gosto, ele disse, limpando a boca com a manga da túnica dourada.

Pois *teu*, Thomas cantou com uma bela voz, é o reino, teu é o poder, tua é a gló-ria, para SEMMMMMMMMMMMM MMMMMMMMMMMMMMMMMM-pre...

Dessa eu gosto, disse o Pai Morto, dessa eu sempre gostei.

Thomas parou de cantar.

Por sinal, ele disse, deixa eu ver seu passaporte.

Por quê?, perguntou o Pai Morto.

Vou cuidar dele para você.

Posso cuidar do meu próprio passaporte.

Muita gente perde o passaporte ou esquece onde colocou, disse Thomas. Vou cuidar dele para você.

É muita gentileza sua, mas não precisa.

Um passaporte perdido ou esquecido é uma questão muito séria. Muitas pessoas são bastante descuidadas com seus passaportes, especialmente os idosos.

Sempre tomei muito cuidado com meu passaporte.

Especialmente idosos que às vezes se mostram distraídos ou desmemoriados, algo concomitante à idade avançada.

Está sugerindo que estou ficando senil?

Expressão lívida do Pai Morto.

Oh não, disse Thomas. Senil, não. Nem por um instante. Só achei que seria melhor eu cuidar do seu passaporte. Estamos cruzando fronteiras e tudo mais. Deixa eu ver seu passaporte.

Não, disse o Pai Morto. Não mesmo.

Uma vez conheci um idoso que tinha perdido ou não lembrava onde estava o passaporte, disse Thomas. Ao ser parado pelos guardas em determinada fronteira, não conseguia encontrar nem localizar o passaporte. Ali estava ele no posto de fronteira, desesperado, revirando as malas, dando tapinhas pelo corpo, virando os bolsos do avesso e por fim voltando à bagagem. A tolerância bem-humorada dos guardas se transformando em impaciência, outros esperando atrás dele na fila, desocupados e engraçadinhos de toda sorte sendo engraçadinhos e desocupados. Isso sem mencionar os próprios companheiros de grupo, tamborilando os dedos nervosamente sobre todas as superfícies disponíveis. O grupo inteiro foi obrigado a dar meia-volta e retornar ao ponto de origem, tudo por causa de um velho coroca que se achava capaz de cuidar do próprio passaporte.

O Pai Morto enfiou a mão dentro do manto e retirou um passaporte verde e gasto.

Obrigado, disse Thomas. Viu? Está amassado.

Inspeção do passaporte, que apresentava inúmeras dobras.

Só um pouco amassado, disse o Pai Morto.

O passaporte de um indivíduo é, em termos estritos, propriedade do poder governante, e assim não deve ser amassado, nem um pouco. Um passaporte amassado levanta suspeitas acerca da capacidade de seu portador.

Não gosto disso, disse o Pai Morto.

Do quê?, Julie perguntou. Do que você não gosta, meu querido idoso?

Vocês estão me matando.

Nós? Nós não. Nós, de maneira alguma. Processos estão matando você, não nós. Processos inexoráveis.

Inexorável não se aplica ao meu caso, disse o Pai Morto. Esperançosamente.

"Esperançosamente" não pode ser usado dessa forma, é uma incorreção gramatical, disse Thomas.

Você está a salvo, meu querido idoso, por ora você está a salvo na lhaneza de nossa guarda, disse Julie.

Na o quê?

Na lhaneza, isto é, na gentil candura de nossa guarda.

Estou cercado por pedantes repulsivos e assassinos!, gritou o Pai Morto. É insuportável!

Thomas estendeu o gibi pornográfico para o Pai Morto.

Calma, calma, ele disse, nada de chiliques. Leia isto. Você vai se entreter.

Não quero me entreter, disse o Pai Morto. Crianças devem ser entretidas. Eu quero participar!

Não existe essa possibilidade, disse Thomas. Agradeça a Deus pelo gibi pornográfico. Sente-se ali e leia. Sente-se ali com as costas apoiadas naquela pedra. Agradeça ao Senhor pelo que está recebendo. Outros têm menos. Aqui está uma mochila para colocar entre as costas e a pedra. Aqui está uma lanterna para ajudar na leitura do gibi pornográfico. Edmund trará o Ovomaltine às dez. Seja grato por tudo isso.

As árvores. As estrelas. Cada árvore se comportando bem, cada estrela se comportando bem. Aroma noturno.

Thomas deitado de barriga para cima, em cruz.

Julie à espreita nas beiradas.

Julie beija o interior da perna esquerda de Thomas.

Thomas permanece na Posição A.

Julie beija a boca de Thomas.

Thomas permanece na posição A.

Julie volta a se agachar com uma mão no meio das pernas.

Thomas atento à mão de Julie.

Reluzindo no pelo entre as pernas de Julie.

Movimento sutil da barriga de Julie.

Thomas atento à mão de Julie (pescoço virado para ver).

Julie beijando a parte de baixo da vareta de Thomas.

Caralhete quase inteiramente em pé mas vacilando um pouco.

Julie lambe.

Prazer de Thomas. Movimento nos quadris de Thomas.

Julie acende cigarro.

Thomas permanece na Posição A.

Julie fuma olhando para Thomas.

Julie fuma com uma das mãos (segundo dedo) se mexendo para cima e para baixo no meio das pernas.

Diversos movimentos da parte de Thomas. Tentando ver. Julie fuma. Oferece cigarro a Thomas.

Thomas levanta a cabeça, põe o cigarro nos lábios. Duas tragadas.

Julie tira o cigarro. Mão no meio das pernas.

Julie fuma olhando para Thomas.

Thomas permanece na Posição A, conforme combinado.

Mão de Julie se mexendo para cima e para baixo entre as pernas.

Thomas olhando fixamente para a mão de Julie.

Diversos movimentos da parte de Thomas - solavancos, em sua maioria.

Uma das pernas de Julie no ar.

Julie permanecendo quase ao alcance de Thomas. Thomas em cruz, conforme combinado.

Cacheira de Thomas formando um ângulo de (mais ou menos) 90 graus em relação a Thomas.

Julie chupa.

Thomas coça o nariz com a mão esquerda, infringindo o combinado.

Seios de Julie encostando aqui e ali enquanto ela chupa.

Thomas encara os seios, erguendo a cabeça com esforço.

Julie se levanta e leva um segundo dedo ao meio das pernas, olhando para Thomas.

Thomas faz ruídos de sucção.

Julie se ajoelha sobre a perna direita de Thomas e se esfrega. Esfrega e esfrega e esfrega.

Julie oferece as pontas dos dedos a Thomas, que lambe.

Julie cuida da gurugumba de Thomas, que forma um ângulo de (mais ou menos) 90 graus em relação a Thomas.

Julie se apoia num cotovelo a trinta centímetros de Thomas e beberica uísque. Mão no meio das pernas.

Thomas olhando fixamente para a mão dela, as nádegas, os músculos da barriga.

Músculos da barriga de Julie se retesando e relaxando. Mão no meio das pernas, olhos fechados.

Thomas permanece na Posição A.

Uma das pernas de Julie se movendo no ar.

Julie se levanta e então se agacha. Apresentando o matagal para o caule de Thomas.

Toma na mão o caule. Uso do caule como consolo.

Thomas encarando o rosto de Julie.

Thomas permanece na Posição A de modo a não infringir o combinado.

Julie cuida dos bagos de Thomas por um bom tempo.

Julie inverte a posição sem parar com os beijos na cacheira.

Thomas lambe o que há para lamber.

Felicidade de Thomas. Felicidade de Julie.

Movimento das nádegas de Julie, para a direita, para a esquerda, e assim por diante.

Uma breve ária de três notas.

E assim por diante e assim por diante e assim por diante e assim por diante.

Que horas são?, perguntou Julie.

Quase uma, disse Thomas.

Falta quanto?

Quase lá, disse Thomas. Um dia de viagem, talvez. Vinte e quatro horas no máximo.

Julie começou a chorar.

20

Thomas apresentou ao Pai Morto um documento com uma capa de papel azul.

O que é?

Leia, disse Thomas.

Era um testamento.

É um testamento, disse o Pai Morto, de quem?

Achamos melhor você tomar essa precaução, disse Thomas. Muitas pessoas negligenciam esse arranjo.

Não quero fazer um testamento, disse o Pai Morto.

Ninguém *quer* fazer um testamento, disse Thomas. Ainda assim em nossa opinião é um passo prudente que você deveria dar, sendo dotado de tanta sabedoria.

Sabedoria, disse o Pai Morto. Infinita. Sem igual. Ainda assim, não quero fazer um testamento.

Prudência e sabedoria são duas de suas qualidades mais fortes, disse Thomas.

Que se dane!, disse o Pai Morto, nada de testamento. Sou jovem demais.

Thomas olhou para o céu.

A decisão é toda sua, claro, ele disse. Se quiser deixar esses assuntos em um estado de barafunda, pandemônio, assuada e mixórdia...

Sou jovem demais!, disse o Pai Morto.

Claro que é, disse Thomas, assim como todos nós. Mesmo assim você possui uma veia que pode explodir a qualquer momento. Já a identifiquei. Corre pela perna direita e quem saberá dizer, quem saberá dizer para onde vai após deixar a perna. Sofre ameaças de embolias. Não quero assustá-lo, mas acho que compreende o que estou dizendo.

Juro pelo Cabrito Santo, disse o Pai Morto, nada de testamento.

Thomas gesticulou sugerindo paciência esgotada e busca imparcial por aquilo-que-é-correto.

Quem eu devo designar como herdeiro?, perguntou o Pai Morto. Quem é digno disso?

Eu diria que ninguém. Talvez a nação. O primeiro passo é o inventário. Pode me dar uma ideia de seus bens?

São vastos, disse o Pai Morto. Não faço ideia. Consulte meu administrador.

Seu administrador foi dispensado, disse Thomas.

Luke? Luke se foi? Por ordens de quem?

Foi decidido que era o melhor, disse Thomas.

Então quem está cuidando das coisas?

Acho que o nome dele é Wilfred, disse Thomas.

Mas Wilfred não é Luke, disse o Pai Morto.

Foi o melhor que conseguimos, disse Thomas. Você não faz a menor ideia da dimensão das suas posses?

Ah eu tenho *alguma* ideia, disse o Pai Morto. Tirou do bolso um caderninho preto.

Vai anotar?

Thomas assentiu com a cabeça.

O Pai Morto pigarreou.

Diversas terras na Saxônia, leu em voz alta.

Isso é meio vago, disse Thomas.

Hum, disse o Pai Morto sem se perturbar, fazer o quê. Deixe-me continuar. Certificados de depósitos em um total de...

Em um total de?, perguntou Thomas.

São depósitos separados com quantias distintas sem nenhum total registrado, disse o Pai Morto. Parece que resultaria em uma soma bem grande se alguém pudesse fazer o cálculo.

Virou uma página.

Uma criada cor de castanha. Regina. O aparelho de som. Duas pegas. Meus corvos. Um lote de propriedades para aluguel. Onze elefantes selvagens. Um albino. Minha adega. Doze mil garrafas, mais ou menos. Litografias para serem engolidas em caso de doença. Duzentos exemplares. Minha coleção de gravuras, nove mil itens. Minha espada.

Sua espada se foi, Thomas comentou.

Minha espada se foi, disse o Pai Morto, mas tenho uma espada reserva na cidade. Minha segunda melhor espada. Punho cravejado de joias e tudo mais.

Um campo florido nos arredores de Darmstadt. Flores de seda. Minhas estufas e galpões de jardim. Wilfred saberá do que se trata. Bustos à minha imagem por Houdon, Minque, Planck e Bowdoin. Minhas argolas para guardanapos. Quatro mil volumes de literatura cabalística. Estatuetas cicládicas, 118 em número. Minhas goivas: a goiva de lâmina reta, a goiva meia-cana, a goiva curva, a goiva em "V", a goiva em "U", a goiva convexa e a goiva arredondada. Quatro cinzéis. Meu camarote na casa de ópera. Meus discos de Bennie Moten. Minha cadeira de balanço Thonet. O regimento.

Para quem vai deixar o regimento?

Você quer?

O que eu faria com o regimento?, Thomas perguntou.

Desfiles. Jantares regimentais. Dobrar e desdobrar bandeiras. Defender fronteiras. Invadir o Punjab.

Vamos adiar essa questão por ora, disse Thomas. Tem mais?

Muito, muito mais, disse o Pai Morto, mas acho melhor reunir tudo sob a rubrica "suplementar". Você quer a Regina?

Sem jamais ter visto a moça, disse Thomas, eu diria que não. Além disso sou uma testemunha, e uma testemunha não pode ser um dos beneficiários. Não quero obter qualquer lucro com essa transação. Quero apenas deixar tudo bem ajeitado.

Ajeitado, disse o Pai Morto, que maneira de definir.

Julie será testemunha, Emma será testemunha e um dos homens, fiquei sabendo, é escrivão.

Deixarei o regimento aos próprios cuidados, disse o Pai Morto. Isso deve resolver a questão. O documento está pronto?

Sim, disse Thomas. Quer que eu leia?

Leia.

"Este Consórcio é criado com o entendimento expresso de que o emitente, guardião ou agente de transferência de quaisquer ações nos termos aqui descritos não estará de forma alguma obrigado a encarregar-se de sua correta administração..."

Começa assim?

Não, começa com "Visto que". Estou lendo a parte que não soa bem.

Continue a leitura.

"... e que no momento da transferência do direito, título, interesse e participação de tais ações por qualquer gestor nos termos aqui descritos, o referido emitente, guardião ou agente de transferência deve tratar em caráter definitivo o cessionário como único proprietário de tais ações. No caso de quaisquer ações, dinheiro ou outros bens..."

O regimento, por exemplo, disse o Pai Morto.

"... se tornarem passíveis de distribuição a qualquer momento, nos termos das referidas ações, o referido emitente, guardião ou agente de transferência tem plena autorização para pagar, entregar e distribuir as mesmas a todo aquele que nessa ocasião se tratar de um gestor nos termos aqui descritos, e não estará de forma alguma obrigado a encarregar-se da aplicação adequada das mesmas."

Fez uma pausa.

Isso é o que eu chamo de lavar as mãos, disse o Pai Morto. Fica em que parágrafo?

No Parágrafo Quarto, disse Thomas, talvez você goste mais do Parágrafo Quinto. "Através do presente reservo a mim mesmo o poder e o direito..."

Sim, disse o Pai Morto, gosto mais desse.

"Enquanto eu viver..."

Não, disse o Pai Morto, não gosto mais desse.

Vida e morte, disse Thomas, são o cerne de testamentos.

Sim, disse o Pai Morto, é que não gosto que me lembrem disso.

Não precisa se preocupar com os detalhes, disse Thomas, garanto que você ficará inteiramente protegido. Só precisa assinar.

Sou jovem demais. E quem se beneficiará?

Não estou nem aí, disse Thomas, escolha alguém. Ou algo.

Edmund, disse o Pai Morto.

Edmund?

Ele é o último, disse o Pai Morto, e os últimos serão os primeiros.

Edmund?

Tomei minha decisão, disse o Pai Morto.

Como quiser, disse Thomas, teremos de dar a notícia bem lentamente ou ele pode acabar morrendo.

Parcele a notícia, conte aos pouquinhos, disse o Pai Morto. Comece com as argolas para guardanapos.

Thomas reunindo as testemunhas para a cerimônia.

O escrivão disse: Você identifica este documento como sua Última Vontade e Testamento, deseja que assim seja considerado e o assinou de livre e espontânea vontade?

Sim, disse o Pai Morto. Mais ou menos.

Como é?, perguntou o escrivão.

Meio que sim, disse o Pai Morto.

Bem, foi um sim ou não foi?

Foi um sim, acho.

O escrivão olhou para Thomas.

Ouvi "sim", disse Thomas.

O escrivão disse: E você requisitou que estas pessoas testemunhem sua assinatura e produzam uma declaração juramentada acerca da execução deste Testamento?

Requisitei, disse o Pai Morto.

Que as testemunhas levantem a mão direita, por favor. Confirmam solene e individualmente que o Pai Morto identificou este documento como seu Testamento e afirmou desejar que assim o seja considerado?

Confirmo, disseram Thomas, Julie e Emma.

Assinou o documento na presença destas testemunhas e parecia dotado de seu juízo perfeito, possuir idade legal e estar livre de quaisquer influências indevidas?

Será que algum dia ele esteve dotado de seu juízo perfeito?, Julie pensou em voz alta. E como você definiria isso? Em termos estritos?

Uma mente única, disse Thomas, isso não se pode negar.

Sempre gostei dele, disse Emma.

Poderiam as testemunhas responder essa pergunta?

Sim, disseram as testemunhas, assinou e parecia.

Firmaram as assinaturas na presença dele e das outras testemunhas?

Firmamos.

Está feito, disse o escrivão, cadê o *brandy*?

Thomas serviu *brandy* para todos os presentes.

Agora você vai se sentir bem, o escrivão disse para o Pai Morto. Um passo prudente. Prudente, prudente.

Fúria do Pai Morto.

Que se foda a prudência!

21

Vocês dois me acompanharam por muitos quilômetros, crianças, disse o Pai Morto.

De fato, disse Julie.

Dando pouca atenção ao próprio conforto. Aos próprios projetos. Dos quais não tenho dúvidas de que possuem inúmeros. Vocês se esforçaram sem trégua e sem descanso. Por mim.

É o caso, disse Julie.

Mas e vocês? Suas vidas?

Hein? Em que sentido?

Qual propósito? Qual enteléquia? O que farão consigo mesmos quando isto terminar de vez?

Julie olhou para Thomas.

O que vamos fazer conosco quando isto terminar de vez?

Thomas sacudiu a cabeça.

Prefiro não responder essa pergunta, se não se importa, ela disse.

Por que não?

Não tenho resposta.

Sei disso, disse o Pai Morto.

Seria de se esperar que fosse possível responder uma pergunta dessas não seria.

Seria.

Que desagradável não ter uma resposta pronta, persuasiva e inteligível por todos. Posso imaginar.

Talvez pudesse ser respondida em termos do tipo de vida que se imagina para si. Ou em termos do que se está fazendo de fato.

Duas boas escolhas, disse o Pai Morto. Também seria interessante considerar sua congruência ou incongruência.

Ugh!, disse Julie.

Espero não ter alarmado você.

Eu diria que fez isso, sim.

Pessoas mais velhas não são muito afeitas a pessoas mais jovens, disse o Pai Morto.

Uma pessoa a cavalo se aproximando do grupo.

É aquela pessoa que andou nos seguindo, disse Julie.

Quem será, disse Emma.

Eu sei quem é, disse Thomas. É a Mãe.

O cavalo parou. Mãe sentada no cavalo.

Mãe, disse Thomas, precisamos de algumas coisas da venda.

Sim, disse a Mãe.

Um saco de cinco quilos de farinha. Integral.

A Mãe tirou do bolso um lápis e um envelope.

Saco de cinco quilos da integral, ela disse.

Precisamos de alho, bacon, água tônica, raiz-forte, cravo, cebolinha e chicória.

Alho, bacon, água tônica, raiz-forte, cravo, cebolinha, chicória.

Precisamos de cigarros, pimenta moída, polidor de prata, maionese, desinfetante, *croutons* e *chutney*.

Cigarros, pimenta moída, polidor de prata, maionese, desinfetante, *croutons*, *chutney*.

Precisamos de ovos, manteiga, óleo de amendoim, vermute, caldo de carne e molho *barbecue*.

Ovos, manteiga, óleo de amendoim, vermute, caldo de carne, molho *barbecue*.

Precisamos de saponáceo, sabonete líquido, fluido de isqueiro, biscoitos de figo e bolas de tênis.

Saponáceo, sabonete líquido, fluido de isqueiro, biscoitos de figo e bolas de tênis. É isso?

É isso.

Muito bem, disse a Mãe.

Obrigado, Mãe.

A Mãe tomou as rédeas do cavalo e se afastou a galope.

Não lembro muito bem dela, disse o Pai Morto. Como se chama?

Ela se chama Mãe, disse Thomas, me entregue suas chaves, por favor.

Minhas chaves?

Sim me entregue suas chaves.

Eu preciso das minhas chaves.

Entregue, por favor.

Sem as minhas chaves não tenho como abrir nada.

Vou guardá-las para você.

Eu preciso das minhas chaves para algumas coisas, disse o Pai Morto. Coisas que preciso abrir e fechar. Trancar e destrancar. Chavear e deschavear. Iniciar e parar.

Vou guardá-las para você.

Eu me sinto muito desconfortável sem as minhas chaves!, disse o Pai Morto.

É como sair da frigideira para cair no fogo, disse Thomas, me passa as chaves.

O Pai Morto deu as chaves para Thomas.

22

EEu. FimEu. Grande fimdefarsa gangangangorreando. Vaido ê. Reitero. Chega de cenáculo. Conscientia mille testes. E tudo feito, e agora? aonde agora? Mens agitat molem e eu quis fazerbem, fazerbem. Elegantemente. Ohe! jam satis, EEu. Pateticularmente a bolinagem lusco e fusco heure após heure para o bem de todos. O Dia dos Pais fimnal. EEu entendo mas ouve, ouve, ou voltaremos. Ao pepino-a-cama. Ao sonhúmido. EEu um menino de unzeroceteanos, como todos os outros. Espalhapater. Reitero&reitero&reitero&reitero, espalhapater. Lembro um antigo Papiday, delegações em caravana, musiqueiros, quantuscumque, sou bonde mais bonde mais, papai gaio, amado e rerrerrespeitado por todos. Fimssurado pela fimlustria em que tamanha fimdalguia fimdou. E quantas panelas de ferro naquele Papiday e fogueiras e folguedos e carnalval, EEu o papilheiro do dia, laureado e doirado e elevado aos céus. Vieram até EEu em bateladas e houve muito beijamão, EEu mui brioso e gracioso e donairoso reiterandoerreiterandoerreiterando. O líder das delegações resmungando sobre donzelas, quantas donzelas? EEu respondi que o Bonvelho EEu não mais se interessava tanto por donzelas. Quantum mutatus illo! ele disse mas seriagorasseriagora quantas donzelas e quão enfeitadas? EEu repeti não estar mais tão donzelesco mas que como gesto de deferência aos costumes e à tradição e respeito ao modo ancestral aceitaria com relutância aceitaria ex abundantia uma de cabelo vermelho e uma de cabelo negro como carvão e uma de cabelo castanho e macio e uma loira como palha de milho nil consuetudine majus e uma com dois seios e uma versada na arte da falcoaria e uma filósofa e uma naturalmente triste nos recônditos da mente et cetera et cetera et cetera em um total de 44 para Papanicolauar naquele Papiday. Naquela noite vieram ao meu leito amoráveis e ledolépidas e peraltas e trêfegas EEu papei as cunhantãs todas. Eu o Pai-de-Todos mas nunca descobri descobri que bicho EEu era. Fimbriado em fimligranas. Sem saber o que é o quê. Tresguardei decisões e disposições mas estava sem tempode tempode tempode. Fimcado em fimrulas. Coisas que eu nunca soube como o que torna cinza o calçamento e o que faz os monumentos gigantes avançarem e recuarem no distante horizonte sem cessar noite e dia no distante horizonte e o que causa a fibrilação das folhas nas árvores e o que significa urbanidade e o que faz o coração parar e como unicórnios foram aprisionados em tapeçarias, essas coisas eu nunca aprendi. Todavia EEu apliquei 1.856.700 tapas de mão aberta e 22.009.800 telefones em orelhas. Filho, num vô te bater. Só bato se você me obrigar. Seu escrotinho. Sem cessar noite e dia para o bem de todos.

EEu nunca quis isso me foi imposto. Imprudência fimlauciosa. Ambiente sem fimneza. Reiteroerreiteroqueatéondepossossaber eu estava Papeando da melhor maneira como EEu meu predecessor palmam qui meruit ferat. Poderia ter sido diferente. Eu podia ter recusado. Podia ter renunciado. Navegado o mundo pela via do bonmoço. Cuidado de uma lojinha por aí, um lugarzinho úmido&humilde. Fimxado meus fins. Até o amado fim. Fimbrose das fimbras. Iagoraiagoraiagorinda não quero enterrar o Bonvelho Papi. Que tal uma festa. Papi chamando uns amigos da antiga. Preparando a paipoca. Empunhar minha pappenheimer de novo. Velha Angurvadal! Companheira de meus maiores momentos! Não entendo! Não quero! Fallo fallere fefelli falsum! Meus vastos dominestérios! Espalhapater. Omaiorbemparaomaiornúmero era um de meus Principícios. Fui compassivo, namedidaemqueissofoipossível. Fiz o mió que pude! Definitivamente! Sem dubitatio! Não gosto! Não quero! Espalhapater oh porfavor espalhapater

23

E chegaram então a uma vala imensa no terreno, cercada por centenas e mais centenas de pessoas com guarda-chuvas negros. Chuva. Os homens soltando o cabo.

É aqui, disse Thomas.

É o quê?, perguntou o Pai Morto.

Aqui.

Esse fosso enorme?, perguntou o Pai Morto.

Sim.

Julie desviando o olhar.

Aproximam-se da borda do fosso.

Quem escavou esse buraco enorme no chão?, perguntou o Pai Morto. O que será construído aqui?

Nada, disse Thomas.

Como é comprido, comentou o Pai Morto.

Acredito que comprido o bastante, disse Thomas.

O Pai Morto voltou a olhar para o buraco.

Oh, ele disse, entendi.

E esses daí, ele perguntou, apontando para os pranteadores, são contratados ou voluntários?

Queriam prestar suas homenagens, disse Thomas.

Imensas coroas com todo tipo de flores apoiadas em cavaletes.

Não existe Velo?, perguntou o Pai Morto.

Thomas olhou para Julie.

Está com ela?

Julie levantou a saia.

Bem dourado, disse o Pai Morto. Bem abundante. É isso?

É tudo o que há, disse Julie. Infelizmente. Mas este tanto. É onde reside a vida. Um belo problema. Tão meu quanto seu. Perdão.

Bem dourado, disse o Pai Morto. Bem abundante.

Avançou para tocar.

Não, disse Thomas.

Não, disse Julie.

Não posso nem tocar?

Não?

Mesmo após toda essa longa, árdua e, se me permitem, tão malconduzida jornada? Nem tocar? O que esperam que eu faça?

Você deve entrar no buraco, disse Thomas.

Entrar no buraco?

Deitar no buraco.

E depois vocês vão me cobrir?

Os buldôzeres estão logo acima do morro, disse Thomas. Esperando.

Vão me enterrar vivo?

Você não está vivo, disse Thomas, lembra?

É uma coisa difícil de lembrar, disse o Pai Morto. Não quero deitar no buraco.

Poucos querem.

Chuva caindo sobre todos os presentes. Emma encostando o lenço nos olhos. Julie com as mãos levantando a saia.

Posso colocar a mão só uma vez?, perguntou o Pai Morto. Último desejo?

Negado, disse Thomas. Indecência.

Julie se aproximou do Pai Morto, abaixando a saia.

Meu querido, ela disse, meu adorado, deite-se no buraco. Ficarei segurando a sua mão.

Vai doer?

Vai sim, ela disse, mas vou ficar segurando a sua mão.

É isso?, disse o Pai Morto. É o fim?

Sim, ela disse, mas vou ficar segurando a sua mão.

É o melhor que você pode fazer?

Sim, ela disse, eu não faço nada aquém do melhor que posso, vou ficar segurando sua mão.

Nada mais depois disso?

Creio que não, disse Thomas, posso ajudá-lo a tirar o laço?

Juntos, retiraram o laço do torso do Pai Morto.

Na verdade vocês nunca me enganaram, disse o Pai Morto. Nem por um instante. Eu sabia o tempo todo.

Sabíamos que você sabia, disse Thomas.

Eu tinha alguma esperança, é claro, disse o Pai Morto. Uma pálida esperança.

Também sabíamos disso.

Fui bem?, perguntou o Pai Morto.

Maravilhosamente bem, disse Julie. Foi soberbo. Nunca verei alguém melhor.

Obrigado, disse o Pai Morto. Muito obrigado.

Thomas colocou a mão sobre o Velo, por sobre a saia.

É adorável, disse o Pai Morto. Estou coberto de admiração.

E logo também de excelente terra negra, disse Julie. Triste mas necessário...

Ah se eu pudesse continuar vivo, disse o Pai Morto, por mais um instante.

Isso pode ser providenciado, disse Thomas. Até dois, se você quiser.

O Pai Morto deitou o imenso corpo no buraco. Terra negra deslizou das bordas até a imensa carcaça.

Já estou aqui, disse o Pai Morto, ressonante.

Que voz, disse Julie, como será que ele consegue?

Ela se ajoelhou e segurou uma das mãos do Pai Morto.

Intolerável, disse Thomas. Grandioso. Como será que ele consegue?

Já estou no buraco, disse o Pai Morto.

Julie segurando uma das mãos.

Mais um instante!, disse o Pai Morto.

Buldôzeres.

Este livro foi impresso na Intergraf Ind. Gráfica Eireli.
Rua André Rosa Coppini, 90 – São Bernardo do Campo – SP
para a Editora Rocco Ltda.